오아시스
세탁소
습격사건

모들 씨어터북 002

오아시스 세탁소 습격사건

김정숙 지음

나도 이제 하고싶은거
다 하고 살거야!

도서출판 모시는사람들

오아시스를 왜 하느냐고 묻거든

⟨오아시스 세탁소 습격사건1⟩이 매주 수요일 오후 2시에 공연되고 있다. 저녁에는 ⟨오아시스2⟩가 공연되니 참 보기 좋다.

같은 극장, 같은 무대 장치에서 1편과 2편이 연속 공연되는 모습이 참으로 근사하다. 작가로서, 극단 대표로서 모두 자랑스럽고 기쁜 일이 아닐 수 없다. 겉으로만 보면 한 극단이 이룬 문화융성의 쾌거가 아닐 수 없다.

그러나 속을 들여다 보면 짐작하시는 것처럼 어렵다.

한 작품도 어려운데, 두 작품을 어떻게…. 관객동원도, 수입도, 모두 어려워 함께 동참하는 단원들의 얼굴에도 기쁨보다는 근심이 가득하다. 배우는 관객이 밥인데 대학로는 여전히 관객이 아쉽다.

관객 대신 앉아 생각을 한다. 이렇게 공연을 해야 하나?

사실 평생 연극을 한 입장에서 잠시 때를 가려 2보 후퇴한들 크게 아쉬울 것은 없다. 그러나 '이 극장에 불이 꺼지면…!' 하고 가슴을 쓸어내리는 것은 무엇때문일까?

무대가 필요한 배우들 생각에 이르면 그만 더욱 먹먹해진다.

호화로운 뮤지컬로도 채워지지 않는 문화의 허기가 있다.

연극을 본다고 하는 의미에는 참 좋은 스토리가 담겨 있어서 어머니밥을 먹은 듯한 든든함이 있는 것이다.

　모두 힘든 세상이라고 한다. '그러니 더욱 연극이 힘을 내야지!' 하며 마음을 다잡는다.

　마치 어두운 밤바다를 향해 등불을 받쳐 드는 간절함이 절로 느껴진다.

　연극!

　참 어려운 이야기는 이래서 제맛이 난다.

　윤복희 씨의 '여러분' 노래를 서문에 대신하여 부르고 싶다.

　연극은 진짜 친구이다.

　친구는 어려울 때 더욱 든든하다.

　그러니 우리도 버티어야 한다.

　이 좋은 책을 만들어 희망이라는 힘을 더하여 준 도서출판 모시는사람들 박길수 대표님께 감사드린다.

　그리고 우리 모시는 사람들 여러분!

　우리 연극 잘 합시다!

　우리 관객 여러분이 잘 찾아오실 수 있게 극장에 불을 환하게 밝혀 둡시다!

2015년 2월

김정숙

작가 · 극단 모시는 사람들 대표

차례 # 오아시스 세탁소 습격사건

오아시스 세탁소 습격사건을
처음으로 만든 사람들

작_ 김정숙 **연출_** 권호성

초연 일시 장소_ 2003년 5월 13일~, 예술의 전당

무대미술_ 전경란 **무대제작_** Tormentor(대표 김영호) **조명디자인_** 이우형

조명감독_ 김경수 **분장_** 손진숙 **조연출/무대감독_** 이근표 **일러스트_** 김소영

제작_ 도서출판 모시는사람들(대표 박길수) **디자인_** 이현민 **진행_** 최림경

출연_ 조준형, 문상희, 선욱현, 윤영걸, 장원준, 김현옥, 김명정, 정수한, 임정은, 이보람, 전여정(아역)

기획_ 이춘완, 윤제순, 이승우

제작_ 극단 모시는사람들

기획_ 공연예술기획 이일공

01

오아시스
세탁소
습격사건 II

등장인물

등장인물은 두 부류가 있다.
한 부류는 강태국의 현재에 등장하는 인물이고
또 한 부류는 강태국의 마음속에 등장하는 인물들이다.
그들은 강태국의 생각과 마음에 따라 등퇴장을 자유롭게 하여
강태국의 불통난 가슴속을 보여준다.

강태국   50대 세탁소 주인
장민숙   강태국의 처
강대영   고3, 강태국의 딸
염소팔   전직 오아시스맨
고시원   강태국의 불알친구
박아주   20대, 세탁소 손님
택시 욱기사   30대 남
할머니   노인, 세탁소 손님
여행객(근심남)   40대 남, 세탁소 손님
디제이   소리, 멋진 남
강태국의 아버지 과거, 강태국과 같은 나이

To love another person is to see the face of God.

- 빅토르 위고

라디오에서 '별이 빛나는 밤을 잊은 그대에게'를 방송 중인

오아시스 세탁소의 밤.

오늘도 주인장 강태국 씨는 세탁 중이다.

라디오   ('Vincent' 노래와 함께 - DJ 이종환 님을 추억하며)

Starry, starry night

별이 빛나는 밤에

Portraits hung in empty halls

빈 벽에 걸려 있는 초상화들

Frameless heads on nameless walls

이름 없는 벽에 액자 없이 걸린 이들

With eyes that watch the world and can't forget

세상을 바라보고 있는 눈들 그리고 잊을 수 없는

Like the strangers that you've met

당신이 만났던 이방인들

The ragged men in ragged clothes

누더기 옷을 입은 남루한 남자들

The silver thorn of bloody rose

피투성이 장미의 은빛 가시들

Lie crushed and broken on the virgin snow

순백의 눈 위에 누워 부서지고 짓밟히네요

Now I think I know

지금 난 안다고 생각해요

What you tried to say to me

당신이 내게 무슨 말을 하려고 했는지

How you suffered for your sanity

당신의 정신을 위해 당신이 어떻게 고통스러웠는지

How you tried to set them free

그들을 자유롭게 해 주기 위해 당신이 어떻게 노력했는지

They would not listen they're not listening still

그들은 들으려고 하지도 않고, 어떻게 하는지도 몰라요

Perhaps they never will

어쩌면 그들이 지금 듣고 있을지도 몰라요

'별이 빛나는 밤을 잊은 그대에게'는

강태국의 고단한 밤을 함께하는 친구와도 같다.

특히나 오늘 공연에서는 배경 음악 외에 음향까지 맡아

대활약을 한다.

가끔 접촉 불량으로 소리가 끊어지기도 하지만….

오늘도 강태국은 라디오에서 흘러나오는 소리를 친구 삼아

옷의 오염을 털고 닦고 비비고 긁어내고

옷의 성질대로 반듯하게 모양을 찾아내어

스팀 세례의 신묘한 다림질로 옷의 본래 모습을 밝혀 준다.

라디오   '나는 별을 보면 항상 꿈을 꾼단다.

          왜 우리는 별에 더 가까이 갈 수 없을까?'

          빈센트 반 고흐가 동생 테오에게 보낸 편지의 한 구절입니다.

          저는 달을 보면 항상 꿈을 꿉니다.

          저 달에 누가 있어 나를 눈물 짓게 하는가?

          오늘 방송국으로 오려고 마포대교를 건너는데…

          핸드폰이 울립니다. '친구 아버님이 돌아가셨다.'

          끊자마자 다시 또 핸드폰이 웁니다.

          이번엔 '막내 여동생이 아들을 순산했다.'

          기가 막히지 않습니까?

          다리 하나를 다 건너기도 전에 죽고 태어나는

          이야기를 들으니까 기분이 묘하더군요.

          차창 밖을 내다보니 역시나

          달이 둥실 떠서 나를 바라보는데

          그냥 웃음이 나오더라구요.

          지금도 그 달이 있을라나?

          한번 창밖 좀 내다보시죠.

          (라디오 잡음) ㅈㅈㅈㅈㅈ.

강태국   (재킷을 들어 살피며) 8통 오박사 옷이로구나.

          박사 되기도 어려운데 취직은 더 힘이 드니…

(비닐을 씌워 옷걸이에 걸며) 힘내고 홧팅이요!

전화벨 울린다.

강태국   오아시스 세탁…

대영이 독서실 갔지.

고구마 먹었어.

허리는?

일 없는데? 지금 자려고. 진짜야…!

무리하지 말고. 알았어.

(전화 끊는다.)

강태국이 라디오를 톡톡 치자, 다시 들리는 라디오 소리.

강태국이 세탁물을 가지러 간다.

라디오   9759님.

'우리 동네에는 아주 오래된 세탁소가 있어요.

아저씨가 밤늦게까지 혼자 일하시는데

어둔 골목길을 밝히는 세탁소의 불빛은

저에게 큰 위로가 됩니다.

왠지 오늘 밤은 그 아저씨와 쐬주 한 잔 하고 싶네요.'

강태국이 돌아아 세탁물을 건조대에 넌다.

멋지다, 9759님! 저도 방송 끝나면 저 달하고 마주 앉아

소주 한 잔 해야겠습니다.

노래 듣겠습니다.

달하고 친할 것 같은 목소리 - 김목경의 '부르지마!'

노래　　♪오늘 밤 우연히 라디오를 켤 때에

당신의 목소리가 흘러나오고

잊은 줄 알았었는데 잊혀졌다 했는데

당신은 노래를 만들었네요…

강태국　　(바지를 들어 살피며)

어디보자, 아침에 오신 할머니가 맡긴 바지로구나.

할머니가 이번엔 며느리를 보셔야 되는데…

강태국이 낮에 오신 손님인 할머니가 가져온

구식 양복을 수선하기 시작하자,

라디오 노래는 때 맞춰 ㅈㅈㅈㅈㅈ.

할머니가 강태국의 뒤 - 옷 속에서 얼굴을 내민다.

할머니　　(하소연) 우리 아들이 아직 장가를 못 갔어요. 별 선을 봐요.

나이가 쉰이 넘었어. 아이는 괜찮은데,

집안 돌보고 주렁주렁 달린 지 동생들 시집 장가 보내느라

어디 저 장가를 갈 틈이 있나.

지 동생이 참한 아가씨가 있다고 전화를 했드라구.

지 형을 끔찍이 위하거든.

즈이 형이 장가를 못 가서 아주 애가 타요.

그런데 아들아이 양복을 보니까 허리가 즉더라구.

배가 꼭 끼어 갖구, 보나마나 숭이 되것잖우.

내일 점심께 선 보니까 허리 좀 늘여 줘요.

(손가락을 내밀며) 손가락 마디 하나 나비로 모질라….

강태국   (옷을 보고-혼잣소리로) 손가락 마디 하나라, 일인치 반.

(뒤집어 살피며) 다행히 여유는 있네.

할머니   다 괜찮은데, 나이가 드니까 배가 좀 나왔더라구~.

강태국   (부적을 들고) 장가 가는 부적이라….

할머니   그게 젤루다 비싼 거요.

강태국   어디에 넣어야 효험이 더 좋을려나….

할머니   손 안 닿는 곳에다가 잘 숨겨 줘요.

아가씨가 참하다니까 꼭 좀 성사가 되라구 내 받아 왔수.

(간절하게) 우리 착한 아들 장가 좀 가게 잘 부탁합니다.

강태국   (바지 허리에 부적을 넣고 꿰매며 축원한다.)

이번엔 꼭 임자를 만나 어머님 소원대로 꼭 상가노 가시오!

방긋 웃는 할머니 out

염소팔, 술에 취해 들어선다.

바지를 들고 세탁대로 가는 강태국

염소팔   (노래한다.) ♪ 떠나자 지중해로

(40대 남자 노래방 애창곡 중에서 설정하여 불러 주심…)

(세탁교주를 대하는 자세) 충성! 인생 세탁! 마음 세탁!

강태국　술 먹었냐?

염소팔　신경 끄세요, 나한테 관심 없잖아요. 술을 먹든지 말든지,

　　　　밥을 먹든지 말든지, 죽든지 살든지 상관없잖아!

　　　　형님 혼자서 열심히 마음도 빠시고, 인생도 빠시고,

　　　　이 드러운 세상 다 빨아 드셔!

강태국이 다림질을 하며 방구를 뀐다.

염소팔　앗, 우리 형님이 요새 방귀 좀 뀌네!

강태국　(다시) 뿡!

염소팔　(기가 막혀) 너는 떠들어라! 이거지.

강태국　고구마가 소화가 안 되네….

염소팔　고구마 같은 소리하고 있네. 말 돌리지 말고, 집중!

강태국　떠들지 말고 어여 집으로 가!

염소팔　(비밀 말로) 박가 복덕이 지금 몸이 바짝 달았어.

　　　　여기에 빌딩 올려서 대박 날 꿈에 완전히 취해 버렸다니까.

　　　　지금 팔믄 알백이, 나중은 뭐여? 맹지! 낙동강 오리알이여!

강태국　글쎄, 싫어, 안 팔어!

염소팔　(습관대로 강태국 도와 옷 정리하며)

　　　　천년 만년 오아시스가 아니여.

　　　　마음 세탁, 인생 세탁! 그런 거 없어요, 아세요.

　　　　요즘 사람들 그런 거 생각이나 하고 살간디?

형님은 모르지만 오십년 단골 조애란 사모님도

다 마트 세탁소로 가 부러.

이 오아시스를 빙 둘러서 바리바리 싸들고 가는 거

내 두 눈으로 봤당게요.

강태국　기껏 세탁소 관두고 한다는 짓이 박가네 복덕 꼬봉이냐?

염소팔　세탁소 그만 두라매요!

강태국　세탁소 관두면 빨래도 못 하냐? 옷 꼴이 그게 뭐냐?

염소팔　오아시스 나가라매요!

강태국　벗어 놓고 가!

염소팔　(착하게 옷 벗으며) 아, 예. (옷을 세탁기에 넣는다.)

나도 마음이 아파, 찢어져. 나도 오아시스 사랑해, 그런데!

여기 다 허물고 빌딩이 올라가믄,

요 오아시스가 맹지가 돼버린다니까요.

맹지 몰라요 맹지? 사람들이 오아시스에 오고 싶어도

길이 없어서 못 와요.

형님은 오아시스가 알박이 땅이라고 착각하는 모양인데

맹지여 맹지!

강태국　얼마 받기로 하고 이 성화야?

염소팔　아 진짜 사람을 뭘로 보고,

(새끼손톱을 들어) 히 쪼끔, 병아리 눈물만큼 있어, 있는데,

그게 중요한 게 아니고 형님!

나 지금 속이 터질 것 같아. 왜 사람을 못 믿어요?

납납하네. 나도 오아시스 맨이야.

형님 혼자만 사랑하는 오아시스가 아니란 말요.

서울 와서 오아시스 밥 십오 년이믄 나도 자격이 있어.

아 정말 답답해, '대세!' 몰라요? 흐름!

우리 형님도 인제 늙었네.

강태국　(염소팔이 옷정리한 것을 다시 정리하며) 안 팔아!

염소팔　(태국의 옷정리를 보며) 아유 쫌생이 성격 나온다.

형님, 나 소팔이야, 믿어. 쫌 믿어요!

나 살자고 오아시스 죽이것소?

강태국　(귀를 후비며) 안 자냐?

염소팔　참, 사람이 진짜 이기꾼이야.

우리 형님 인생 세탁 마음 세탁 도사 놀이에,

형수는 밤마다 잠도 못 자고 남의 빌딩 청소일 나가서

세상 쓰레기 다 치워주고…. 그렇게 살지 맙시다.

참, 사람이 동정심이 그리 없어. 형수가 뭔 죄여?

불쌍하지도 않소? 대영이가 공무원이 꿈이래요, 78 대 1!

공무원! 에이 나쁜 사람!

강태국　나쁜 사람? 너 저번에도 형수한테 죽는 소리 해서

돈 얻어 갔지?

염소팔　아니, 아니 그게 아니고, 방 빼라고 지랄하니까…

강태국　보증금 또 다 날렸구먼.

염소팔　갚아요, 다 갚는다니까!

강태국　정신 차려라. 나중에 대침 맞는다.

염소팔　형님! 나 정말 죽것어. 오아시스 십오 년에

이직하기 진짜 힘들어, 일하고 싶어도 갈 데가 없어.

(일어서며) 미친다니까요.

아, 돈 있는 사람이 한다믄 하는 거지, 무슨 수로 당하겠소?

나 돈 얻어먹자고 하는 소리 아니에요. 이러다 맹지 돼서

오아시스 혼자 낙동강 오리알 되믄

그때는 빼도 박도 못 해요.

다 형님 생각해서 해 주는 소리랑께.

(담배를 찾아 불을 붙인다.)

강태국   (크게) 이거 뭐하는 짓이야?

염소팔   (얼른 나가며) 나가요, 나가서 피울라고….

강태국   (부채를 휘두르며) 나이는 어디로 먹은 거냐 대체!

염소팔   (다시 한 번) 형님! 제발 같이 좀 삽시다!

강태국   (stop!) 들어오지 마!

염소팔   (경례를 한다.) 충성 알박이! 인생 세탁! 마음 세탁! (간다.)

강태국이 방귀를 뿡뿡!

강태국   (라디오를 만지며) 78대 1이라. 공무원 되기가

하늘의 별따기보다 어려우니, 그게 어떻게 되나 그래. 허참….

(라디오 ㅈㅈㅈ) 그래, 너두 좀 쉬어라. 사발면이 어디 있나?

강태국이 사발면 가지러 간 사이

택시 멈추는 소리 들리며,

박아주가 종종걸음으로 달려 들어온다.

박아주   (급하게) 언니! 아저씨! 어디 갔지?

         (몸을 꼬며) 으으으으 아구, 오줌 마려!

얼른 안채 화장실로 간다.

사이, 택시기사가 세탁소를 기웃거린다.

기사   (의심) 아가씨, 아가씨!

강태국   (사발면에 김치종지를 들고 나오며) 누구십니까?

기사   방금 여기로 아가씨 하나 들어갔는데?

강태국   아가씨? 우리 아이는 독서실에 갔는데….

기사   (급 의혹) 아니, 금방 이 세탁소로 들어갔어요. (둘러보며)

강태국   대영이가 왔나, 학생이오?

기사   (불안) 학생 말고, 스타일이 뭐냐 하면 저기,

         아 돌겠네! (설마 도망을?) 아니, 저기, 거,

         나가는 스타일 여자 있잖아요. (차림새를 흉내낸다.)

         골빈 머리하고, 가슴 빵빵(제스처로),

         치마 짧고, 하이힐 높은 거 신은 여자.

         세탁소 가서 돈 가져 온다고, (의심에 완전 정복당해)

         거기, 저기, 아 나, 이거, 아 나, 진짜 내 또 당했네!

         아, 이거 벌써 몇 번째냐?

         이래서 머리 검은 짐승 믿으면 안 되는데!

이 도둑년! 어디 등쳐먹을 데가 없어서 택시비를…

박아주   (나와서 듣고 놀라서) 아저씨!

기사   (강태국에게) 아, 이 아가씨 여기 있잖아요! 왜 거짓말 하죠?

강태국   아, 난 또 누구 얘기라고. 내가 거짓말이 아니고….

기사   (의심의 증거를 잡고) 아 여기 있는데 거짓말 했잖아요!

박아주   누가 도둑년이에요? 내가 오줌이 급해서 먼저 싸고 왔는데….

기사   (방귀 뀌고 성내고) 아, 세탁소 가서 돈 가져 온다고 하고

    안 오니까 돌지!

박아주   돌지? 어머머머머머머, 나 알아요? 왜 반말 해요?

기사   너 몇 살이야?

박아주   어머, 아저씨, (기사 말 흉내내며) 몇 살이야?

기사   (말꼬투리 잡고) 그래, 몇 살이야?

강태국   (두 사람 사이에서 말리며) 어허 이러지 말고….

기사   (강태국 밀치며) 그럼 말을 하던가, 택시가 자가용인가?

    전세 냈냐고? '시간이 돈' 몰라?

박아주   (강태국 밀어내며) 아저씨가 뭔데 나를 도둑년을 만드냐고요?

강태국   (다시 두 사람 사이로 파고들며) 이거 봐요, 흥분하지 말고….

기사   (강태국 밀고) 도둑년이 아니믄, 어디 여자가….

박아주   (강태국 밀치고) 여자가? 여자가 뭐?

강태국   (말리다 못해) 택시비가 얼맙니까?

기사   (급 양순) 23,000원이오.

강태국   (주머니에서 돈을 챙기며) 오해가 있는 모양인데 어서 가시오.

박아수   (돈을 나시 넣어주며) 아지씨 돈 주지 마요.

　　　　　나 도둑년이라며? 도둑년한테 돈을 왜 받아?

기사　　　(눈앞에서 돈이 사라지자) 아이, 이걸 진짜!

박아주　　(얼굴 들이대며) 쳐! 어디 털 끝 하나만 건드려!

강태국　　아이쿠, 그만 해! (기사를 데리고 나가 다시 돈 준다.)

　　　　　어서 가시오!

박아주　　(강태국 밀치며) 아우, 아무것도 모르면서!

　　　　　나 욕먹을 짓 한 거 없어요.

　　　　　택시 카드기가 고장 났다고 해서 그런 거란 말예요.

　　　　　카드 안 된다고 해서 돈 꿔서 줄려고 그런 건데

　　　　　왜 모두 나만 갖구 그래요!

　　　　　택시 떠나는 소리

박아주　　(쫓아가며) 야, 택시! 구라도 2848 니 죽었어. 번호 외웠어.

　　　　　어우 억울해! 난 몰라요! 나 택시비 안 내요!

　　　　　아저씨가 줬으니까 아저씨가 책임져요!

강태국　　(난처하여) 허어 참….

　　　　　박아주가 입고 있던 옷을 훌러덩 벗어 세탁통에 던지고

　　　　　옷걸이에서 낮에 벗어 놓고 간 옷을 찾아 입는다. 강태국이 택배를 내어준다.

강태국　　택배 왔어.

강태국이 라디오를 어루만진다.

ㅈㅈㅈㅈ.

박아주   (코를 휑 풀며) 진짜 우울하다.

박아주가 택배 상자를 뜯는다.

박아주   (화장품 한 통을 꺼내어) 이거 주름살 없어지는 크림이래요,

         언니 줘요.

강태국   (기분을 풀어 주려) 좋아하겠네.

박아주   (미안하다.) 내일 돈 찾아서 줄게요.

강태국   알았어.

박아주   미안해요, 오늘이랑 어제 손님도 뚝 끊기고,

         마담언니는 왜 손님 못 끌어오냐고 승질 내고,

         안 그래도 짜증나 죽겠는데 저놈의 택시 기사가 차 안에서

         자꾸 내 옷이 어떻니, 젊은 여자가 그러고 다니니까

         성범죄가 일어나는 거 아니냐고

         자꾸 짜증나는 소리 하잖아요.

강태국   저런!

ㅈㅈㅈㅈ. 지지직거리던 라디오에서 '플래시 댄스' 음악 나온다.

박아수   (반가워서) 어? 나 이거 아는데.

음악 커진다.

박아주   (다리가 슬슬 리듬을 탄다.) 아저씨 나 꿈이 무용가였어요.

강태국   그래?

박아주   (밝아져서) 진짜예요!

강태국   아, 그럼 진짜지.

박아주   (스트레칭을 한다.) 쫘악!

강태국   어이구!

박아주   (또 놀래킨다.) 샤악!

강태국   저런! 허허….

박아주가 자랑스럽게 '입시댄스'를 춘다.

박아주   나 멋있죠? 내가 우리 학교에서 제일 잘나갔단 말이에요.
          문학의 밤 행사에서 내가 춤추면 남자애들이 강당 뒤에서
          나 나오기만 줄 서서 기다렸다가 꽃 주구, 편지 주구,
          선물도 주구 도망가구, 나 진짜 장난 아니었는데….
          (강태국에게) 아저씨, 나랑 같이 춤춰요.

강태국   아이구, 내가 뭘….

박아주가 강태국을 데리고 춤을 춘다.
펄펄 나는 박아주에
쩔쩔매는 강태국.

라디오 소리가 ㅈㅈㅈㅈ 잡음과 함께 멈춘다.

박아주도 춤을 멈춘다.

박아주   대학 붙었는데 아버지가 쓰러졌어요.

　　　　　엄마 혼자서 돈 버는데 어떻게 나만 대학 간다고 그래요.

　　　　　돈 벌어서 갈려고 했는데….

　　　　　대영이, 대학 어디 간대요?

강태국   (라디오를 두들기며) 공무원 시험 본다는데?

박아주   (가방 들고) 나도 대영이처럼 공무원 시험이나 공부할 걸,

　　　　　돈도 못 벌고 빚만 쌓이고….

　　　　　올라갈게요.

　　　　　박아주가 택배를 집어 들고 나간다.

강태국   조심해서 올라 가~.

　　　　　(라면을 들고) 78 대 1이 뭐야 그래….

　　　　　강태국 방귀가 뿌악!

　　　　　고시원이 옷을 들고 기웃거리다 강태국의 방귀 소리에 깜짝 놀란다.

고시원   이게 뭐냐? 뭐가 찢어지는 소리가 난다.

강태국   (오늘 밤, 이상하다) 어서 와!

다시 참을 수 없이 방귀가 뿌악!

고시원   (들어오다가 멈춰서) 나 싫으니?

강태국   잠이 또 안 오냐?

고시원   (들어서며) 잘 봐, 어디 찢어진 데 없는지?

강태국   고구마만 먹으면 방구가 나와….

고시원   실, 바늘 있나?

강태국   왜?

고시원   주인이 빌빌하니까 옷도 주인 따라 빌빌거린다.

          (사발면을 본다.) 다 불었네.

강태국   (고시원 얼굴을 보니) 소주 한 잔?

고시원   좋지!

          강태국이 소주병을 꺼낸다.

          사발면을 놓고 컵에다 먹는 소주맛!

고시원   제수씨는?

강태국   입 삐뚤어졌냐? 형수님은 일 나가셨지.

고시원   고생 하네.

강태국   사는 게 고생이지.

고시원   대영이는?

강태국   독서실.

고시원   (뒤지는 척) 바늘은 어딨냐?

강태국   이리 줘!

고시원   (주며) 나도 바느질 잘해.

강태국   (바지를 살펴본다.) 어디 가냐?

고시원   의사들 시험 보는 거에 환자 하러 나오라네.

강태국   잘됐구먼, 일당 벌었네… 환자 역할이라….

고시원   (눈치 보며) 됐어.

강태국   (옷 찾으러 가며) 있어 봐.

　　　　　　고시원이 얼른 전화기를 들고 버튼을 누르는데

　　　　　　여행객이 트렁크에 자켓을 손에 들고 들어온다.

　　　　　　고시원, 전화기를 아쉽게 내려놓는다.

여행객   (재킷을 주며) 드라이 좀 하러 왔습니다.

고시원   (옷을 받아 강태국 부른다.) 강 사장, 강 사장!

강태국   (옷 들고 나오며) 어….

고시원   (옷 주며) 손님!

강태국   어서 오십쇼~.

여행객   옷에 얼룩이 묻어서 드라이 맡기러 왔습니다만….

강태국   (얼룩 맛을 보며) 칠리소스네요!

여행객   지워질까요?

강태국   그럼요. 내일 저녁에 오세요!

여행객   저, 아침에 안 될까요?

강태국   급하세요?

여행객	예, 죄송하지만 제가 내일 아침에 중요한 미팅이 있어서요.
강태국	처음 봅니다, 이 동네 사람이 아니시죠?
여행객	아, 출장 왔습니다.
강태국	(해 주자) 아침에 오세요.
여행객	고맙습니다. 잘 좀 부탁드리겠습니다.
강태국	(인수증 써 주며) 예, 성함이?
여행객	심남입니다. 근 심 자 남 자.
강태국	예?
여행객	근심남!
강태국	아, 예!
여행객	그럼 수고하십시오!

여행객이 간다.

강태국	(고시원에게 바지 주며) 입어 봐,
	오래돼서 그렇지 옷은 좋아.
	(찢어진 옷을 보고) 저 옷은 나중에 내가 고쳐 줄게.
고시원	(좋으면서) 아이, 왜 자꾸 이래….
강태국	괜찮아, 주인한테 버려진 옷들이야.
	입어 주는 게 고마운 거지….
고시원	나야 미안해서 그러지.
강태국	입은 거지가 밥 얻어먹듯이, 환자 노릇도 입어 줘야
	의사들 시험이 잘되는 거야.

고시원　(바지를 벗고 입어 본다.) 잘 맞네.

강태국　(상의가 필요하다.) 잠깐 기다려 봐.

　　　　(사다리를 타고 올라가 옷을 찾는다.)

　　　　혹시 알아? 운때가 맞으믄….

고시원　귀찮아, 됐어.

강태국　(옷을 들고 내려 온다.) 위에 입어 봐.

　　　　(잠시 사이) 거기, 나도 한 번 가 볼까?

고시원　(입으며) 왜, 궁하냐?

강태국　(고시원 옷 입은 것 보고) 딱이네, 이제 사람 같다.

고시원　송장 같지 않어? (벗으며) 됐어. 내가 이거

　　　　엑스트라 노릇 하면서 밥 얻어먹을 줄 누가 알았냐.

강태국　모르지. 인생 모르지.

소주 한 잔씩

고시원　행복하냐?

강태국　벌써 꼬장이냐?

고시원　강태국이 많이 컸네….

강태국　왜, 낼 모레 황천길 가겠냐?

고시원　(술 따르며) 됐어. 이렇게 살다 죽으면 되지.

　　　　(마시며) 내 인생도 좀 세탁해 주라.

강태국　(세탁기 가리키며) 들어가라, 돌려줄게.

고시원　그래? (세탁기 문을 열며) 깨끗이 좀 세탁해 주라!

강태국   여보세요, 이리 오세요!

고시원   너, 인생 세탁 한다매. 내 인생은 너무 드러워서 안 되냐?

강태국   (잔 내밀며) 술이나 받아!

고시원   (받으며) 브라질에서 돈만 벌면 다 될 줄 알고,

          밤을 낮 삼아 들구 뛰는데

          이놈의 마누라가 바람이 나는 거라! 환장하지.

          더 기가 막힌 건 내가 총을 사려고 하드라구….

강태국   (여러 번 들었다) 아이구~.

고시원   (또 따르고) 내가 뒤도 안 돌아보고 공항으로 달려 나왔다.

          그런데 지 에미년은 그렇다 쳐도, 이 자식 놈들이

          하나도 나를 안 찾네. 집에서 기르던 개새끼가 나가도

          울고불고 하던 것들이 에비가 없어졌는데

          아무도, 아무도 찾지를 않아.

          난 죽었어. 아무것도 없어. 인생이 빈껍데기만 남았다.

강태국   (가족이) 애들 보고 싶냐?

고시원   (소주 마신다.) ….

강태국   (전화 주며) 전화 해!

          여행객이 급하게 들어온다. - 아쉬운 고시원.

여행객   (숨차게) 사장님!

          (옷을 찾는다.) 제 옷, 제 옷 어디 있습니까?

강태국   (찾아주며) 여기….

여행객   (뒤진다. 절망) 아, 없다!

        (강태국에게) 혹시 여기 옷에서 아무것도 못 보셨나요?

강태국   (당황) 못 봤는데요?

여행객   (큰일) 아, 틀림없이 있었는데….

        (강태국에게) 정말 여기 지갑 못 보셨어요?

강태국   (방어) 지갑, 난 아무것도 못 봤는데요, (고시원에게) 뭐 봤어?

고시원   (당연히) 못 봤지.

여행객   (어쩌나) 큰일이군.

강태국   (걱정) 지갑을 잃어버렸어요?

여행객   (강태국에게) 정말 없었나요?

강태국   (진심) 없어요. 어디 다른 데다 둔 건 아닌지….

고시원   (거든다.) 그 옷은 아직 건들지도 안 했잖어.

여행객   (강태국과 고시원을 빤히 쳐다보고 고개를 가로저으며)

        됐어요. (돌아선다.) 있었는데 없어졌다!

강태국   (왠지 억울해진다.) 어허 참….

고시원   (기분이 나빠서) 여기가 50년도 넘은 세탁소예요.

        여기 사람이 아니어서 잘 모르시는 모양인데,

        이 사람이, 주인이 잊어버린 물건까지 챙겨주는 사람이요,

        유명해요.

여행객   (동문서답) 아, 그냥 입는 건데….

고시원   어떤 지갑인데 그러오?

여행객   (가르쳐 주기 싫다) 뭐 그냥….

고시원   (비협조?) 그럼 뭐 별거 아닌가 보구만,

　　　　　　살다 보면 잃어버리기도 다반사지.

　　　　　　평생을 도둑맞고 사는 사람도 있는데…. (술 먹는다.)

여행객　　어떻게 하지? (옷을 들고 세탁소 한가운데 장승처럼 서 있다.)

강태국과 여행객　　(둘이 동시에)

　　　　　　혹시….

둘이 동시에　　　　(먼저 하려고) 저기….

여행객　　아, 먼저 말씀하시죠!

강태국　　(혹시) 저, 길에다….

여행객　　(다시 세탁소를 둘러본다. 정말 여기에) 저, 없지요?

고시원　　(성질이 난다.) 아니 강 사장이 지갑을 가졌다는 거요, 뭐요?

강태국　　(말리며) 왜 이래.

고시원　　기분이 나쁘잖아. 없다는데 자꾸. 사람 꼴이 이러니까

　　　　　　우습다 이거야? 지금 뭐하자는 플레이야?

여행객　　(자기도 안다.) 아니, 아닙니다. 미안합니다.

　　　　　　지금 제가 제정신이 아니라서. 미안합니다.

강태국　　뭐 중요한 거라도….

여행객　　예, 제 것이면 상관없는데 저도 전해 드려야 하거든요.

고시원　　그렇지, 오픈해야지!

강태국　　(지갑이면 돈인가?) 돈…?

여행객　　예. (강태국을 본다.)

고시원　　얼마나?

강태국　　남의 돈이라니 더 큰일이네.

여행객　　(간절히) 찾으시면 연락 주십시오, 사례는 하겠습니다.

강태국   사례는 무슨, 찾으면 당연히 드려야지.

고시원   사례 규정이 있어, 몇 프로, 몇 프로 다 정해져 있어.

여행객   그럼 내일 아침에…. (나간다.)

강태국   예, 다시 잘 찾아보세요!

여행객이 가고,

술 맛 떨어진 고시원과 강태국.

고시원   아직 멀었냐?

강태국   아침 손님들이 있어서.

고시원   (돈이라는데) 같이 찾아줘?

강태국   뭐야?

고시원   (사례한다니까) 아니, (내가 무슨 생각을) 아냐, 아냐. 간다!

강태국   아침 먹으러 와!

고시원   (다시 들어와 머뭇거린다.) 저기, 담배 없지?

강태국   (돈을 꺼내며) 남들 다 끊는 담배를 너는 어떻게

          까꾸로 피냐? 평생 안 피던 담배를….

고시원   (삐쳐서) 너까지 그러지 마라. 내가 누가 있냐? 너 나 알잖아.

          내가 지금 사람이냐? 시체야. 그냥, 자다가도

          벌떡벌떡 일어나! 가슴에서 천불이 나서.

          아우 그 년놈들을 다 쏴죽이고 나도 죽는 건데….

강태국   (전화 주며) 애들 보고 싶으면 전화해!

고시원   (머뭇) 제수씨 알면….

강태국   괜찮아, 해!

고시원   (슬그머니 받으려는데) 아, 저, 뭐 그럼….

전화벨이 울린다.

놀라는 두 사람.

고시원   (타이밍 참…) 됐어! 안 해! (간다.)

강태국   (쫓아가) 일찍 자라!

야간 빌딩 청소일 나간 장민숙의 전화

강태국   (전화 받는다.) 오아시스입니다.

장민숙   (대걸레를 밀고 온다.) 뭐해?

강태국   허, 호랑이네, 호랑이!

장민숙   형님네 전화 왔어?

강태국   아니, 왜?

장민숙   (잠시 쉬며) 입원비 정산 때문에 전화 왔어.

        큰조카 내외가 돈 구하러 다니다 안 되니까

        할 수 없이 또 전화 한 것 같더라구….

강태국   벌써 또 그렇게 됐나?

장민숙   대영이 보험 해약해야겠지?

강태국   …사람이 먼저 살아야지.

장민숙   나 참 짜증나. 다음 달이 아버지 팔순이란 말야.

강태국	장인어른이?
장민숙	환갑 때부터 비행기 태워 드린다고 했는데,
	제일 맏이가 되어 갖구 정말 얼굴이 안 선다.
강태국	남편 잘못 만나 그렇지 뭐.
장민숙	얼씨구, 제발 그러지 좀 마.
강태국	우리 세탁소 대출이 얼마지?
장민숙	세탁소 대출 못 받아. 아버님 때 병원비 하느라고
	다 땡겨 썼잖아. 아 참, 이자도 내야 되는데
	통장에 잔고가 있나 모르겠다.
강태국	우리 세탁소 팔고 이사 갈까?
장민숙	세탁소 팔고 당신 뭐하게? 대출 빼면 세탁소만 날리지.
강태국	형님만 안 쓰러졌어도….
장민숙	대영이는?
강태국	독서실 갔지.
장민숙	진짜 대학 안 갈려나?
강태국	공무원 시험부터 본다잖아.

　

　　강태국의 고민 속에서

　　갈래머리의 교복을 입은 대영이(상상)가 가방을 메고 나온다.

　

대영이	나 대학 안 가요! 난 공무원 될 거예요!
장민숙	말이 그렇다는 거지. 몰라서 그렇지 공무원 되기가
	얼마나 어려운데, 대학가는 거 보다 너 고달퍼.

엄마 아빠 고생하니까 지딴에 부모 생각해서 하는 말이지

저라고 하고 싶은 게 왜 없겠수, 당신은 애 말을 믿어?

대영이   꿈이 꼭 있어야 되나요?

장민숙   (하품하며) 왜 아직 안 자, 일 많아?

강태국   없어.

대영이   공무원도 꿈이에요.

장민숙   (어깨를 주무른다.) 수선은 내가 해 줄게. 대충 하고 자.

대영이   엄마 어깨 아픈 거 보면 진짜 짜증나거든요!

강태국   어깨는?

장민숙   (어깨 두드리며) 야채가게가 그러는데

한 삼 년 고생해야 낫는다네.

대영이   공무원 돼서 엄마 소원 풀어 줄 거예요.

강태국   (세탁기에 옷을 넣으며) 그러게 병원 가라니까….

장민숙   늙으면 다 아픈 거지. 평생 부려 먹었는데….

강태국   무리하지 마.

장민숙   (졸려서 눈을 부비며) 걱정 마, 하는 대로 하는 거지.

대영이   마트 세탁은 와이셔츠 한 장 1분-990원인데

아빠는 경쟁력이 없어요. 나 아빠처럼 안 살아요.

그럴려면 공무원이 답이죠. (상상에서 나간다.)

장민숙   (뾰족하게) 고시원 왔었어? 와서 또 브라질 전화 한 거 아냐?

강태국   고시원이 뭐야, 이름 놔 두고. (거짓말) 안 왔어.

장민숙   (강태국에게) 친구도 학교 때 얘기지. 자꾸 받아 주지 마,

당신 이용하는 거야. 아무리 친구라도 남의 집 전화로

　　　　　해외 전화가 뭐야?

　　　　　전화요금이 백만 원이 넘게 나온 게 말이 돼?

강태국　　정신 사나워. 끊어! (전화를 끊는다.)

　　　　　장민숙이 깜짝 놀라 섭섭한 얼굴로 나간다.

　　　　　강태국이 세탁대에서 수선대로

　　　　　수선대에서 세탁기로 일이 손에 잡히지 않아 둥둥 떠다닌다.

강태국　　어휴, 이 병원비를 어떻게 하나….

라디오잡음　(옛날 방송의 DJ들 목소리가 혼선되어 들린다.)

　　　　　　김채리 뉴욕 통신원입니다.

　　　　　　지금 뉴욕에서는 뮤지컬 '오페라의 유령'이 개막되었습니다….

　　　　　　전설 따라 삼천리 오늘은 하늘아래 첫동네 아치골에 얽힌….

　　　　　　(노래) 밤안개가 자욱히 쓸쓸한 밤거리~.

　　　　　　ㅈㅈㅈㅈㅈ

강태국　　(라디오를 친다.) 아이구 시끄러!

　　　　　강태국의 라디오 구타로 갑작스럽게 세탁소 정전되며

　　　　　라디오가 빛나며 강렬한 의혹의 기타 선율이 흘러나온다.

　　　　　강태국의 상상 속

　　　　　-고시원과 여행객이 등장하여 무성영화처럼 의심이 재생된다.

　　　　　① 먼지 같은 상상

고시원이 걸어와 앉고, 여행객이 들어온다.

고시원이 옷에서 지갑을 빼돌린다.

놀라는 여행객이 고시원 멱살을 잡는다.

당연히 말도 안 되는 상상 - stop!

강태국 고개 절레절레.

② 때 묻은 의심

여행객 나가고

자신이 옷을 가지러 사다리를 오르는 사이

고시원이 옷을 뒤진다.

놀라는 강태국

고시원이 내민 손에 지갑이 들려 있다.

강태국이 지갑을 뺏으려 달려가면

옷들 속으로 사라지는 고시원

대영이   (옷더미 속에서 슬픈 눈빛으로 '거위의 꿈'을 부른다.)

"난 꿈이 있었죠~

버려지고 찢겨 남루하여도

내 가슴 깊숙이

보물과 같이 간직했던 꿈~."

장민숙   (강태국의 뒤에서 귀신처럼 나타나) "여보! 나 진짜

대영이 보험은 헐고 싶지 않다. 나, 재미없어.

해도 해도 너무 하잖아. 어떻게 모일 새가 없냐?

(갑자기 공포) 우리 대영이 대학 합격하면 어떻게 하지?

그것도 사립대면? 지방대면? 안 돼!

이버지   (세탁대에서 솟아올라) "에비 죽으면 네 형이 부모 한가지야!

천지간에 누가 있냐? 다만 형제뿐인데, 네 형 죽이지 마라!"

노크! - 누군가 문을 두드린다.

강태국이 자신도 모르게

얼른 라디오를 끌어안고 소리를 죽인다.

다시,

노크! - 누군가 문을 두드린다.

강태국   (뜻밖에) 야옹!

멀어져 가는 발자국 소리

강태국이 결심한 듯 라디오를 의자 위에 던지고

세탁소 문을 걸어 잠근 뒤 커튼을 치고 돌아서서

후레시를 켜들고 수건으로 입을 가린 채 지갑을 찾는다.

후레시 불빛에 드러난 세탁기에 고시원이 돌아간다.

'헉!' 놀라는 강태국이 후레시를 떨어뜨린다.

다시 불을 켜보면 사라진 고시원

강태국이 열심히 지갑을 찾는다.

-강태국의 중학생 모자도 나오고

-대영이 그림도 만나고

-아내의 빈털터리 통장도 만난다.

강태국   (드디어 지갑을 찾아) 지갑이다!

장민숙과 대영이(강태국의 상상) 등장하여 본다.

강태국   (지갑을 흔들며) 여보 여기 돈 찾았어!

장민숙   우리 돈이야?

강태국   (몰라) 내가 주웠어!

대영이   아빠, 설마 훔칠 생각은 아니죠?

장민숙   대영아빠, 당신 착한 사람이잖아?

강태국   (지갑을 움켜쥐고) 아니야, 나 안 착해! 당신이 무쇠야?

          어깨가 아파서 잠을 못 자는데도 부려먹기만 하고

          병원 한 번을 데리고 갔나….

장민숙   자연 치유야! 자연 치유!

강태국   (대영에게) 우리 대영이, 다른 애들 다 가진

          스마트폰을 사 줬나. 도대체 아빠가 뭐야?

대영이   나 핸드폰 없어서 좋은데요,

          카톡 안 하니까 시간 짱 많아요, 아빠!

강태국   됐어. 됐고, 그딴 거짓말도 이젠 그만해!

          핸드폰 없어서 친구도 없다고 엄마한테 우는 소리 하는 거

          아빠도 다 들었어. 아빠가 미안해….

          (고개를 절레절레 흔들어 쫓는다) 어서 가!

장민숙   (지갑을 빼앗으려) 대영아빠, 지갑 이리 내!

강태국   (머리를 흔들며 주문을 외운다) 울랄라 불랄라.

        제발 사라지거라! out! 훠이!

대영이   (매달리며) 아빠 잘못했어요!

강태국   (도망치며) 니가 뭘 잘못했는데? 이 아빠가 잘못한 거지.

        너만 생각하면 내가 가슴이 무너진다.

        우리 대영이 어려서부터 그림 잘 그려서 상도 많이 받고,

        화가 되고 싶다고 하는데도 학원 한 번 못 보내고,

        못난 아빠 만나서 꿈도 버리고, 78 대 1이 뭐야?

대영이   아빠! 나 포기 안 해. 내 꿈은 내가 이룰 거거든요.

강태국   그럼 아빠는 뭐냐? 나는 도대체 뭐냐고?

장민숙   당신 진짜 이러면 나 속상해!

강태국   남들 다 자는 시간에 마누라 빌딩 청소나 하러 내보내고….

        인생 세탁! 마음 세탁! 다 집어쳐!

장민숙   (끌고 가며) 어서 들어가 자! 대영아버지, 당신 혈압 올라,

        그만해!

강태국   (두 사람을 뿌리치며) 아니야! 그동안 잘못 살았어!

        난 아버지야, 아버지! 모든 게 결과론이야.

        내 식구 하나 건사 못 하면서 양심은 무슨…. 다 필요없어!

        어서 가! 제발 가! 아버지 노릇 좀 해 보겠다는데 왜 이래!

장민숙   안 돼! 이리 내요!

강태국   나도 안 돼!

대영이   이뻐, 이리 주세요!

전화가 온다

장민숙과 대영이 out

강태국이 옷 속에 파묻힌 전화기를 찾는데,

여행객   (앤서링머신 - 정중한 기쁨) 사장님, 지갑 찾았습니다.

미안합니다. 숙소에 떨어져 있네요.

하하하, 이제 살았습니다.

감사합니다! 아침에 뵙겠습니다. 하하하….

그럼 이 지갑은 누구 것인가?

강태국이 지갑을 열어본다.

복권 한 장이 들어 있는 지갑

강태국   (복권을 본다.) 주택복권!

1969년 10월 4일, 2조 126388.

(기억이 난다.) 일등 300만원!

강태국의 아버지(기억 속)가 신문을 들고 지갑을 찾으며 나오신다.

강태국   (대영이 같은 강태국) 아버지! 뭐 찾으세요?

아버지   도깨비 방망이!

강태국   도깨비 방망이요?

아버지   복권!

강태국	복권이 뭐예요?
아버지	주택은행에서 새로 나왔는데, 일등 당첨되면 300만 원 준댄다.
강태국	300만 원이요?
아버지	그래 300만 원! 맞춰 보려니 없네….
강태국	복권이 얼만데요?
아버지	100원!
강태국	100원이요? 확률이 얼만데요?
아버지	확률?
강태국	확률 있잖아요, 확률!
아버지	확률은 무슨, 집 없는 사람 도와주고 복 짓는 거지.
강태국	아버지가 그래서 어머니한테 자꾸 지청구를 듣는 거예요.
	백 원이면 돼지고기 사다가 할아버지 좋아하는 김치찌개
	해 먹는 게 낫다고 그러시지 않겠어요?
아버지	당첨되면 300만 원이잖아. 그러면 차 한 대 사서
	할아버지 모시고 고향에 가는 꿈도 꾸고 좋잖아?
강태국	꿈이 밥이에요 떡이에요? 복권 그런 거 살 생각 하지 마시고
	미자네 세탁소처럼 기계도 들여놓고 배달도 해 주고
	그래야 손님들이 오죠. 현대화, 현대화! 몰라요?
	아버지는 진짜 답답해요,
	이름도 오아시스가 뭐예요 챙피하게….
	뽐푸가 오아시스에요? 복권 살 생각 하지 마시고
	수도 놓을 생각부터 해야 하는 거 아니에요?
아버지	허, 이녀석 넌 꿈도 없냐?

강태국   아버지, 제 장래희망은 기자가 되는 거예요.

아버지   네 엄마 소원이네. 펜대 쥐고 월급 받는 사람!

강태국   한국인 최초로 퓰리쳐상 받는 기자가 될 거예요!

아버지   부지런히 돈 벌어야겠네, 우리 태국이 기자 시킬라믄….

강태국   아버지…

    (복권 뒷면 구석에 씌어 있는 아버지 글씨를 읽는다.)

    태국이 수학여행…

    태국이 세계대백과사전…

    태국이 만년필…

    태국이 손목시계…

    태국이 자전거…

아버지   마음적으로나 힘으로나 잘해 주고 싶은데,

    아들, 미안하다.

강태국   (세월이 흐른 지금) 아버지,

    나 기자 못 됐어!

아버지   (인생이 그래) 괜찮아!

강태국   (부끄럽다) 아버지 미안해요. 제가 너무 더러워요!

아버지   (살다 보면 때도 탄다.) 닦으면 되지, 괜찮아!

    이 지갑이 어딜 갔나, 그래…. (찾으며 나간다.)

강태국   아버지!

    강태국이 털썩 의자 위에 주저앉으면

    라디오가 굴러 떨어지며 불이 들어온다.

난장판 세탁소!

강태국이 얼른 다시 불을 끄고 옷 속을 더듬어 전화를 한다.

장민숙   (전화소리) 왜?

강태국   (눈물) 대영아! 방구가 너무 많이 나와!

장민숙   (전화소리) 하하하, 괜찮아. 우유랑 먹으라니까, 괜찮아!

          그럴 때가 있어, 참 내, 별걸 다, 걱정도 팔자야, 괜찮아!

강태국   정말?

장민숙   (소리) 아이구, 안 죽어! 괜찮아! 괜찮으니까,

          혈압 올라가 어서 자.

          여보, 당신 수선 하지 마! 내가 가서 할게.

          반장 온다, 끊어. (나간다.)

강태국   (소리친다.) 여보 괜찮지? 나 괜찮은 거지?

          강태국이 다시 불을 켜고

          아버지의 지갑을 세탁대에 잘 모시고

          라디오도 잘 어루만져 제자리에 놓고

          세탁소 안에 널린 옷들을 주워 들고 세탁기로 가서 빨래들을 집어넣는다.

라디오   (소리가 살아난다.) 9759님 쐬주 사 들고 갔는데,

          오늘은 세탁소가 일찍 끝나서 문 앞에

          소주만 놓고 돌아 오셨다네요.

          아 '새벽별 보기' 소주 한 잔, 이거 기가 막힌데….

하지만 오늘만 날입니까?

신청곡 들으시면서 마음 달래시고 다음에 아저씨랑

소주 한 잔 하시면 꼭 알려 주세요.

오늘 마지막 곡입니다.

연분홍이 작사 작곡하고, 폴&메리가 부르는 '괜찮아!'

전주가 흘러나온다.

강태국이 빨래처럼 세탁기에 머리를 들이민다.

들썩이는 어깨

라디오   노랫말처럼 오늘 밤만은 '괜찮아!' 하고, 우리 모두

서로 이해하고 화해하는 밤 되시기 바랍니다.

'별이 빛나는 밤을 잊은 그대에게' 이제 물러갑니다.

오늘밤에 다시 만나요! 꼬옥!

노래 시작된다.

폴&메리   괜찮아 우리 인생 괜찮아~

강태국이 일어나

문을 막아 놓은 커튼을 열어 젖힌다.

가게 문도 활짝 여는데

문 밖에 소주가 한 병 놓여 있다.

누가 가져다 놓았을까? 두리번… 거리다

소주를 열어 한 모금 시원하게 마신다.

또 한 모금…

강태국이 노래를 따라 부른다

"괜찮아!"

강태국이 춤도 춘다.

'얼쑤!'

신나게….

그리고

모두 함께 노래하고 춤추는 커튼 콜!

02

오아시스
세탁쇼
습격사건 I

1시간으로 즐기는

나도 이제 하고싶은거 다 하고 살거야!

등장인물

세탁소 주인 - 강태국

그의 부인 - 장민숙

그들의 아이 - 강대영

세탁소 종업원 - 염소팔

손님 - 전영민

손님 - 나양미

손님 - 박아주

손님 - 소녀

손님 - 소녀의 어머니

손님 - 안유식

손님 - 안경우 (안유식의 아우)

손님 - 안미숙 (안유식의 여동생)

손님 - 허영분 (안유식의 처)

서옥화 (안유식의 어머니 간병인)

우리 동네 세탁소이다.

'오아시스 세탁소'의 아주 오래된

옛날 양철 간판이 눈에 뜨인다.

낡은 클리닝 기계, 수선을 위한 미싱대,

그 옆에 콜라병 박스에 꽂힌 색색의 실,

거의 소리만 나올 듯한 옛날 텔레비전이 비대하게 놓여 있고,

어울리지 않는 쇼파와 주워 온 듯한 탁자가 한쪽에,

그리고 오래된 다림질대가 보인다.

이 세탁소의 모든 물건들은 낡고 오래되어

자신의 역할을 다하여 수명이 종료된 것들이지만

이 '오아시스 세탁소'에서 재활용되어

새로이 부여받은 역할 임무를

잘 수행하는 물건들로 구성되어 있다.

그리고 등퇴장을 위한 설정으로는

세탁소에 그득히 걸려 있거나 놓여 있는 옷들의

미로들 사이로, 편의상 이 구멍은 안채 살림집으로 가고,

저 구멍은 화장실, 그리고 또 필요하면

이 옷 저 옷 사이로 길을 만들면 된다.

일군의 등장인물들이

'오아시스 세탁소 사건 진상 규명하라' 피켓을 들고 나온다

그들은 부상을 강조하듯 자신의 몸을 붕대로 감고, 두르고,

목발을 짚는 등 각양각색의 억울한 모습으로

세탁소 앞에 죽 나와 선다.

그들 앞에 서는 두 사람,

세탁소 주인, 강태국과 그의 부인 장민숙이다.

강태국은 사람들에 둘러싸여 죄인처럼 몸을 웅크리고 섰고

장민숙은 머리를 붕대로 싸맨 그의 아이를 어루만지고 있다.

장민숙(이하 장)   (남편이 말하기를 기다리다 못해) 애들 아버지예요.

            이 오아시스 세탁소 사, (사장이라기보다) 주인이에요.

강태국(이하 강)   흐흠 저….

장   (답답하여) 어디 일 저지를 사람으로 보여요?

강   (괜한 기침) 허험….

장   (또 기다리다가) 보시면 알겠지만 법 없이도 살 사람이에요.

강   (뭔가 말하려) 함….

장   (어쩔 수 없다는 듯) 저 오아시스 세탁소만

            저 자리에서 30년이에요,

            그것도 시아버님 대를 이어서 하니까

            아버님 대까지 치면 반백년인데

            그게 인간성이 나쁘면 안 되는 거거든요.

            (가속이 붙어서) 아니 동네 사람 길을 막고 물어봐도

            다 안다니까요.

            이 동네에서 이 사람 신세 안 지고 산 사람 없고…,

강   (자기도 말하게 하라고 헛기침) 킁킁!

장   (들은 척 만 척) 평생 딴눈 한번 안 주고, 죽으나 사나

      딴 자리루 어디 왼짝 발끝도 한번 안 움직였어요.

      어찌나 세탁 일에 일구월심인지 빨래루 박사 준다믄

      이 사람이 빨래박사예요. 진짜 빨래귀신이 따로 없는 게

      그냥 옷만 보구두 그 사람을 다 알아 버린다니까요.

      정말루 그럴 사람이 진짜 아닌데 그날은 그랬어요.

      정말 딴 사람인 줄 알았다니까요, 미친 줄 알았어요.

      (관객에게) 미쳐서 한 일도 책임을 져야 하나요?

강   (지쳐서 쭈그리고 앉는다.) ….

장   (그제야) 당신도 말해요.

강   (엉거주춤 일어서며 말하나 마나) 글쎄,

      그날 처음은 좋았는데….

      (머뭇거리다) 보러들 오셨으니 보십시오. (들어간다.)

사람들 강태국을 붙잡으려는 듯 쫓아 따라 나간다.

장   (놀라서) 여보, (관객에게) 저렇게 사람이 말주변이 없어서….

      그냥 보셔야겠네요.

      (나가려다 우아하게) 꺼진 핸드폰도 다시 보자!

      핸드폰은 꼭 끄고 보세요. 감사합니다.

      음악

      암전

다시 조명되면 세탁소 시작 - 오전이다.

강, 클리닝용 세탁물을 가슴에 안고 나온다.

장, 물건을 사오는 듯, 검은 비닐 봉투를 들고

달랑달랑 뛰어 들어온다.

장   (쓰러진 간판을 보고 들어서며)

        여보, 당신 신주단지 쓰러졌다.

        계란이 그저 제일 만만이야. (안채로 간다.)

강   (세탁물을 놓고 밖으로 나간다.) ….

        장이 안채에서 나와 텔레비전을 켠다.

        태진아의 '사랑은 장난이 아니야'가 열창되고

        장, 미싱을 돌린다. 멀리 부식 이동 판매 차량 스피커에서는

        '계란이 왔어요' 소리가 울어대는 오아시스 세탁소.

        강이 간판을 철사로 붙잡아 매고 페인트 통을 들고 나가

        등을 돌리고 쭈그리고 앉아 무언가를 그려 넣고 있다.

        장이 미싱대에 앉아 [1] 손으로는 옷을 수선하며,

        [2] 눈으로는 텔레비전을 보고, [3] 입으로는 노래와 수다,

        [4] 머리로는 안채의 아이 생각, [5] 귀로는 전화 받고 걸며

        아주 익숙하게 진행한다.

장   (텔레비전의 노래—태진아 '사랑은 장난이 아니야'를

        따라 부른다.)

대영아, 늦는다. 지각이야!

전화 온다.

장   오아시스, 예, 진주 3동이요.
      (강태국에게 소리친다.) 염소팔 어디쯤 와요?

강   (쳐다보지도 않고) 행각동 하나로 슈퍼.

장   (전화에 대고) 지금 코스가 행각동 쪽이니까
      10분에서 15분이면 도착할 거예요. 예에, 감사합니다.
      (전화 끊고 다시 건다.) 어디냐? 하나로 슈퍼 아니고?
      오토바이가 펑크 났어? 야아, 돈 없다 돈 없다 하니까
      오토바이까지 데모를 한다냐, 사흘 걸러 빵구야?
      알았다, 진주 3동 쌕쌕이 아줌마가 기다리니까 얼렁 가!

      일어서 바지를 털어 수선 완료를 확인한다.
      세탁대에 옷을 집어 던져 놓고
      입 안의 실 조각을 뱉어내며
      다른 옷을 집어 들어 살핀다.

장   캑-, 캑- (과장되게) 캬칵~. 이눔의 먼지!
      아유 지겨워 정말 칵~.
      내가 이눔의 먼지 때문에 제명에 못 죽을 거야!

강   (페인트 통을 세탁대 밑에 야무지게 정리해 넣으며)

사람이 다 먼지덩인데 먼지 타령은.

장   (뾰족하게) 당신, 저번에 내가 말한 거 생각해 봤어요?

이거 팔구, 독신자들 많은 강남에다 세탁 편의점을 내자구.

'세탁! 세탁!' 하고 떠들고 다니지 않아도 되고,

깨끗하게 차려 입고 서서 그냥 물건 받구,

공장에서 다 가져 가구….

강   (옷을 세탁대에 잘 펼쳐 놓으며) 그게 무슨 세탁소야,

브로커지.

장   (강의 옆으로 와서) 아니, 다 그렇게 한다니까.

저번에 텔레비에서도 그러잖아,

독신자들이 많아지고,

그리고 앞으로는 '빨래'라는 말이 없어진다구….

강   (스팀을 뿜어 올리며) 절대 안 없어집니다.

장   당장 그런다는 게 아니고, 앞으로 그런다는 거지요.

강   (옷을 다리며) 기계가 할 일이 따로 있고,

사람이 할 일이 따로 있지,

사람 사는 세상에 사람이 하는 일이 왜 없어져?

장   (화가 나서) 제발 쓸데없는 고집 좀 피우지 마.

(달래며) 자기랑 나랑 번갈아 가면서 보면,

나두 다시 의상실에 나가면 어디 이까짓 거, 옷 수선 하는 건

진짜 아무것도 아니다. 수입 늘고, 몸 편하고,

그야말로 꿩 먹고 알 먹고 아냐?

그리고 나두 이젠 이거 진짜 하기 싫어.

나두 에어로빅도 하러 다니고, 해외여행,

아니 제주도라도 가구 싶어.

전영민(이하 '전')이 조심스럽게 들어온다.

전   저, 아저씨 여기 옷….

장   (못마땅한 듯 옷을 받아서 살핀다.) ….

전   (민망한 듯) 저, 제 옷은 아직 못 찾았나요?

장   (주민등록증을 주며 화가 나서) 아저씨, 인수증 없는 옷은

       우리도 책임이 없어요.

       (세탁법 조항을 가리켜 보이며) 저기 봐요, 거짓말인가….

전   (애처롭게) 제가 진짜 맡기긴 맡겼거든요,

       그런데 저기 아저씨….

강   (바라본다.) ….

장   (긴장하여 두 사람 사이를 막고 선다.) ….

전   (재빨리 강 앞에 얼굴을 보이며)

       오늘 또 옷이 꼭 필요한데요….

장   어머, 이 아저씨가 정말!

전   중요한 약속이 있어서요….

장   (남편에게) 안 돼요!

강   무슨 옷인데요?

장   (속상해서) 당신 진짜….

전   (눈치보며) 신사복인데 좀 강직해 보이는… 60년대 왜….

강   음, 바지 길이가 짧고….

전   예, 양말이 보이게 하려고요.

강   (보관된 옷들을 보며) 맞아 카라가 조붓하고….

전   (희망에 차서) 허리선이 통으로 되면 더 좋은데요….

장   어머머, 정말 기가 막혀서.

강   무슨 색이 있을라나….

전   밤색이 좋은데….

강   (뒤지며) 저 아래 이층집에 초등학교 교장 하시던 선생님이

      25년 전에 맡기고 안 찾아 가신 옷이 있는데,

      사이즈가 맞을라나?

전   안 맞아도 좋아요, 정말 교장 선생님이 맡기신 거예요?

강   (옷 속으로 사라지며) 어디 찾아봅시다.

      장, 전을 흘겨보며 미싱대로 가서 애꿎은 옷만 털어댄다.

전   (헛기침하며) 25년이나 안 찾아 가는 옷도 있구나….

장   이사 갔어요 이사. 그 이사 간 데가 어디길래

      25년이 넘도록 옷을 못 찾아 가는지….

      아저씨, 그러는 거 아니에요.

      우리 아저씨가 착하니까 그렇지, 어림도 없는 일 아니에요?

      아무리 딱해도 누가 인수증도 안 보고

      맡긴 옷 대신 옷을 빌려줘요?

전   미안합니다.

나양미(이하 '나') 옷들을 여러 가지 들고 들어선다.

나   (아무렇지도 않게) 아줌마, 이거요, 이 치마,

         여기 짤라다가 이 바지 여기다 붙이구요,

         그리고 이 원피스 여기 이 꽃 부분을요

         바지 히프에다 박아 주세요.

         그리고 바지는 여기를 이렇게 파구요….

장   하나두 아니고 멀쩡한 옷들을 다 요절을 낼려고 그래?

나   재미있잖아요.

전   (거든다.) 개성 있는데요.

나   개성 있죠, 그죠?

전   디자이너 작품이라고 해도 믿겠어요.

나   정말요?

장   그 아저씨 눈도 참 희한하네,

         말만 듣고도 디자이너 작품으로 보이니….

나   아줌마 언제 와요, 오늘 돼요?

장   안 됩니다~. 그리고 이런 건 비쌉니다.

나   이렇게 그냥 하는데, 얼만데요?

장   그냥 어떻게 돼, 3만원만 내요.

나   3만원이요? 비싸다. 그냥 만원에 안 돼요?

장   그냥이 아니지. (옷을 들어서 보이며)

         일을 '그냥' 말로 다 하나?

         (옷을 '나' 앞에 들이대며) 아가씨가 그냥 해 봐.

아무리 일을 몰라도 남의 일을 '그냥'이라니,

그렇게 막말하면 섭하지.

나   (옷을 뺏으며) 이리 주세요. 웬일이니, 정말 돌겠네 진짜!

전   (엉거주춤) 그냥, 하시죠.

장   아가씨, 어디 가서 그러면 욕먹어.

나   (나가며) 어머어머, 웬일이니 진짜,

기가 막혀! 별꼴이 반쪽이야, 진짜!

장   (가는 뒤에다) 기가 막히니? 나는 코가 막힌다.

별꼴이야? 별꼴은 니가 더 별꼴이다.

어디서 지 손으로 빤스 끈 하나 못 껴 본 것들이

눈에 본 건 있어 가지구…. 맨 세상을 주둥이로만 사는 주제에

(전 보며) 세탁소를 저희 집 장롱으로 알지를 않나….

강이 옷을 찾아 가지고 나온다.

강   1977년 6월 15일 최영일

- 공덕초등학교 교장 선생님이 맡긴 옷 맞네.

(주며) 잘 입고 가져와요. (은밀하게) 파이팅!

전   (감격에, 작게) 파이팅! 고맙습니다. (가지고 간다.)

장   (부르며) 아저씨! 이 사람이 정말, 주민등록증 주고 가야죠!

전   (주며) 아, 죄송합니다.

장   (뺏다시피) 아저씨 정말 이게 마지막이에요. 이러면 안 돼요!

강   대영아! (전에게) 어서 가서 일 봐요.

전	고맙습니다. 저, 잘 입고 가져 오겠습니다. (퇴장)
장	(화가 나서) 대영아빠 나 정말 이러는 거 싫어!
강	(달래며) 배우야, 배우! (클리닝 기계로 간다.)
장	뭐가?
강	(빙긋이 웃으며 턱으로 전영민이 나간 방향을 가리키며)
	배우라고….
장	(멀리 살피며) 한 번도 못 봤는데…?
강	(기계 주변에 널린 빨래들을 정리하며) 나이가 젊잖아,
	이제 시작하는 거지…. 그 바람에
	간혀 있던 옷들 바람도 좀 쐬구….
장	(남편의 손에 들린 빨래들을 잡아 쥐고 원망하며)
	누가 바람을 쐰다구?
	그래 옷은 바람 쐬 줘두 되구, 나는, 나는?
	(옷을 뺏어서 팽개친다.)
강	(얼른 옷을 주우며) 어허, 이 사람.

박아주(이하 '박'), 아무렇게나 옷을 입고 등장한다.

강이 옷을 주워 놓고 박의 옷을 찾는다.

박	우와, 우와, 늦었어, 늦었어. 언니, 언니. (달려든다.)
장	징그러! 애가 왜 이래, 더워. (밀쳐낸다.)
박	(돈을 꺼내 다림질대에 던지며) 나 늦었어, 빨리 옷.
	아저씨, 옷!

강	(옷을 준다.) !
박	아저씨 멋쟁이! (옷을 홀렁홀렁 갈아입는다.)
장	(가리고 나서며) 이 계집애가 미쳤어!
박	(옷을 입고 모델처럼 서 보며) 죽인다.
	아저씨, 우리 애들이 아저씨 다림질 짱이래.
	옷걸이 짱, 명품 짱, 다림질 짱!
	내가 이렇게 입고 가면 애들이 다 뒤집어지잖아.
	(엉덩이를 흔들며) 음, 죽이는데…. 좋았어!
강	(보고 웃는다.) !
장	(남편을 흘겨보며 박의 등짝을 때린다.) 미친년!
박	늦었어, 늦었어. 사장이 또 지랄하겠다.
	안녕, 안녕! (달려 나간다.)
장	(옷을 들고) 야, 옷 가져 가!
박	버려, 버려! 택시! (퇴장)

소녀가 들어와 오아시스 간판 앞에 앉아 구경을 한다.

장	미친년. (옷을 갖고 돌아서서 살피며)
	베네통이네, 미친년. (자존심이 상해 옷을 집어 던진다.)
	나 이제 더 못 참아.
강	(옷을 주워 먼지를 털며) 그만해라.
장	속상하잖아.
강	속상하믄 들어가 자.

장	몰라, 나 시장 가야 돼. 김치거리 떨어졌어.
	(아이 생각에) 어머나, (안채로 가며) 대영아, 학원 안 가?

강이 텔레비전을 끈다.

바닥에 버려진 옷들을 주워 먼지를 털며 소중히 다듬어 준다.

소녀가 들어와 강을 본다.

소녀	(부른다.) 아저씨.
강	(대답한다.) 오냐?
소녀	오아시스에 왜 낙타는 없어요?
강	여기 있잖아.
소녀	어디요? (보러 온다.)
강	(낙타처럼 곱사등을 만들고) 여기!
소녀	피, 고짓말! 그럼 오아시스에 연못은 어딨어요?
강	(다림질에 스팀을 뿜어 보이며) 여기 있지!
소녀	피피피, 고짓말 그건 다리는 거잖아요?
강	(장난끼 있게 아이처럼) 피피피피, 정말이다!
	옷 찾으러 왔니?
소녀	예.
강	누구 옷인데?
소녀	우리 엄마요.
강	왜 엄마가 안 오고 네가 왔어?
소녀	엄마 집에 없어요.

강	처음 본다. 이사 왔니?
소녀	예, 저기 약국 골목 동산 빌라 305호요.
	(옷을 알아 보고) 어, 저기 있다!
강	(원피스를 꺼내며) 이거?
소녀	예.
강	(이름표를 보며) 윤남정 씨 댁이로구나.
	(비닐에 옷을 넣어 주며) 엄마가 돈 주셨니?
소녀	(작게 - 거짓말) 잃어버렸어요.
강	저런, 어디서?
소녀	(울 듯이) 몰라요.
강	(아이 입에 묻은 아이스크림을 지워 주며)
	너, 아이스크림 좋아하는구나. 아이스크림 사 먹었어?
소녀	(울 듯이) 예….
강	아니야, 울지 마, 울지 마. 아저씨두 아이스크림 좋아해서 그래.
	아저씨가 오늘은 그냥 줄게.
	하지만 다음부터는 엄마한테 돈 내시라고 하고
	너는 돈 갖고 다니지 마라.
소녀	예….
강	(옷을 주려다가) 그런데 이거 니가 가져 갈 수 있겠어?
소녀	아니요.
강	(원피스가 아이 키에 비해 너무 길다.)
	나중에 배달 시켜 줄까?
소녀	아니요, 엄마가 찾아다 놓으라고 그랬어요.

강	약국 골목이라고 그랬지?
소녀	예.
강	그래, 그럼 아저씨랑 같이 가자. 아저씨가 가져다 줄게.
소녀	예.
강	(안채에 대고 소리 지른다.) 대영아,
	나 동산 빌라에 배달 좀 금방 다녀올게.
	(아이의 머리를 쓰다듬으며) 가자.
	(나가며) 아저씨가 아이스크림 사 줄까?
소녀	아니요.
강	왜?
소녀	(부끄럽게) 금방 사 먹었어요.
강	(귀여워서) 그랬어?
	(돈을 주며) 나중에 먹고 싶을 때 사 먹어.
소녀	예.

소녀, 강, 나간다.

장이 대영을 데리고 들어온다.

대영	(극도의 짜증) 몰라요오-.
장	기계 바꾼 지 얼마 안 돼서 형편이 어렵다구 그러잖아.
대영	안다니까요. 자꾸 말하지 마요. 짜증만 나잖아요.
	(붓에 문 이겨 몸을 흔든다.) 아후!
장	나중에 엄마가 다 보내 줄 거야.

대영	나중에, 나중에. 혼자 어떻게 가요?
	나중에 엄마 혼자 가요, 난 안 가니까요.
장	공부하러 가는 거지, 친구들하고 놀러 가는 거 아니잖아.
대영	누가 친구들하고 놀러 가고 싶어서 그래요? 진짜 짜증나네!!!
장	(아이를 달래며) 어서 가, 아빠 오신다.
대영	아빠가 뭔데? 난요, 이제 아빠도 안 무서워요.
	자식을 낳았으면 어학연수 같은 건
	다 보내 줄 자신이 있으니까 낳는 거 아니에요?
장	자식이 벼슬이냐?
대영	그럼 왜 낳았어요? 누가 낳아 달랬어요?
	낳았으면 책임을 져야죠.
	몰라요, 나 학원 안 가요! (다시 들어간다.)
장	(잡으며) 학원을 안 가면 어떡해, 모의고사라며?
대영	짜증나서 어떻게 공부해요?
	시험도 못 봐요. 그리고 나 골치 아파서 학원 안 갈래요.
장	너 또 혈압 오르니, 응? 혈압 올라? 너 또 쓰러질 것 같아?
대영	몰라요, 자꾸 짜증이 나니까 그러잖아요.
	그러니까 말 붙이지 마요.
	나두요, 엄마 아빠한테 태어나서 진짜 짜증나요.
	바꾸지도 못하잖아요! 왜 자꾸 말 시켜서 골치 아프게 해요!
	(온몸을 흔들며 짜증을 부린다.)
장	(돈을 꺼내 쥐어 주며) 알았어 알았어. 말붙이지 않을 테니까
	이따가 학원 끝나고 햄버거 사먹어 응?

대영   나 진짜 해외 어학연수 안 가면 쪽팔려서 학교 못 다녀요.

     애들하고 수준 차이 나면,

     나 그냥 학원 다니면서 검정고시 볼래요.

     어학연수도 못 가서 애들한테 꿀리면서 살고 싶지 않아요.

     그러니까 엄마가 아빠한테 말 좀 잘 해 봐요.

장   (아이 등을 떠밀어 내보내며) 그래, 알았어, 알았어.

     (대영, 나간다)

     장, 미싱대 밑에서 비상금 통을 찾아 통장을 확인하고

     돈을 세어 본다.

     지폐, 동전….

장   (좌절한다.) 어림도 없네.

     (한숨) 휴우, 열 가지 재주 가진 년이

     조석 끼니가 간데없다더니,

     나이 50이 다 돼가지고 자식이라고 있는 거

     남들 다 보내는 어학연수를 하나 못 보내서 쩔쩔매고….

     참 나 헛살았어요, 헛살았어. (비상금통을 다시 잘 넣어 둔다.)

     강이 들어선다.

강   대영이 학원 갔어?

장   (기운 없이) 갔어요. (나가려다) 올 때 순대 사다 줘요?

강	(좋아하며) 웅!
장	(다시 돌아서서 애절하게) 여보!
강	왜 또 입술을 잘근거려, 이번엔 또 뭔데?
장	(포기하듯) 아니야, 아니야. (하늘에 대고 과장하듯이)
	아이고 하느님. 평생 한 사람을 사랑하기가
	왜 이다지도 힘이 들까요?
강	(달래듯이) 뭐야? 말해!
장	아니야, 갔다 올게.
	(나가며) 남편을 따르자니 자식이 울고,
	자식을 따르자니 남편이 울고….
	(노래한다.) 사랑이 야속하드라~
	울지도 못하고 잡지도 못하고….
강	저 사람이…?

강, 세탁물을 가지고 클리닝 기계 앞으로 가는데
소녀가 엄마 손에 이끌려 들어온다.

엄마	(다짜고짜) 아저씨가 (돈을 내밀어 놓으며) 이 돈 줬어요?
강	…? 예, 아이스크림 사먹으라고….
엄마	이 애가, 아저씨 자식이에요? 왜 남의 아이한테 돈을 줘요?
강	아니, 아이가 머, 먹고 싶어 하는데 엄마가 안 계시….
엄마	(아이를 다그치며) 너, 똑바로 이야기해.
	이 아저씨가 그냥 돈 줬어,

아니면 엄마가 이야기한 것처럼 하구 돈 줬어?

소녀 (질려서) 그냥 줬어.

엄마 이상하잖아, 왜 그냥 돈을 줘?

(강을 감시하며) 손잡고 그러지 않았어?

강 (놀라서) 아니, 아주머니, 애한테 무슨 그런 말을….

엄마 (아이를 흔들며) 엄마 눈 보고 바른대로 말해!

소녀 (겁먹어서) 저기, 여기 만지구 (입술 가리킨다.) 그리고

(머리에 손을 얹으며) 머리 쓰다듬었어….

엄마 (의기양양해져서) 거 봐, 어떻게 만지고 쓰다듬었어, 아저씨가?

소녀 (흉내내며) 이렇게….

엄마 그리고?

소녀 그리고 응…, 아이스크림 사먹으라고….

강 (답답해서) 아주머니!

엄마 (무시하고 아이에게) 정말이지?

소녀 응.

엄마 앞으로 우리 아이한테 돈 주지 마세요.

뭐, 아무 일도 없었다니까 다행인데,

난생 처음 보는 아저씨가 여기 저기 만졌대지,

모르는 아이한테 아이스크림 사먹으라고 돈까지 줬대는데

어떻게 의심이 안 가겠어요?

강 아니, 아주머니 한 동네 사람끼리….

엄마 한 동네구 두 동네구, 아저씨, 저는 싫으니까요,

우리 아이한테 터치하지 말란 말예요.

(아이를 잡아끌며) 가자! 세상이 어떤 세상인데,

미국 같으믄…. (나간다.)

강 　　(기가 막혀) 나, 나도 자식 키우는 사람인데….

강, 세탁물을 쥐었다가 다시 놓고 한숨 크게 한 번.

다시 힘차게 세탁물을 들어 올렸다가 멈춰서 잠깐.

이후 마음이 잡히지 않는지 다시 놓고

주머니를 더듬거려 찾다가

눈물을 감추려는 듯 두 손으로 눈을 비빈다.

오토바이 소리 들린다.

강이 세탁소 밖으로 나간다.

염소팔 (이하 '염')이 세탁 바구니를 들고 들어온다.

강 　　(맥없이) 염소팔, 나, 담배 한 대 줘라.

염 　　(담배를 꺼내다가) 형님, 담배 끊었잖아?

강 　　그냥 줘, (마음을 바꾸고) 아니다, 됐다.

　　　　(안채로 가며) 가게 좀 봐라.

염 　　(부른다.) 형님! (의아하게 강을 바라보며

　　　　세탁물을 탁자 위에 놓으려다 넘어질 뻔 한다.) 어이쿠!

전화벨이 울린다.

염 　　(전화를 받는다.) 오아시스…. (사색이 되어 안채 눈치를 보며)

저기, 옷이 워낙 고급이라 세탁이 까장스런 모양입니다.

아하하…, (안채 눈치를 보며) 지가 지금 외부에 있는데…,

아니, (놀래어 전화기를 막고 자기 입을 쥐어박고)

지가 외부로 나가는데 다시 저,

확인해서 나오는 대로 배달해 드리것습니다.

아이구, 오아시스 아닙니까, 믿어 주십시오. 아하하….

(전화에 절을 하며) 예, 예, 안녕히 계십시오.

(한숨을 크게 쉰다.) 휴우~.

(전화를 끊고 안채 눈치를 보며 핸드폰을 들고 밖으로 나온다.)

나다, 밍크 찾았냐? 그거 메이커라고 지랄하는데,

아무튼 못 찾으믄 알아서 해라.

뭐야? 어느 공장에서 잃어 버렸는지 모른다고?

지랄! (전화기로 머리를 때리며) 너, 죽고 싶냐?

내가 성질 안 내게 싱겼냐?

지금 이 오아시스에 맽긴 줄 알고 있는데

이리로 찾으러 오믄 난 완전히 끝장이여!

아무튼 내가 갈티니께 찾아 놔라 잉?

(핸드폰을 끊고 기도를 드린다.)

아이고, 염소팔이 염치없어 하느님 이름도 못 부르것네.

헤헤헤헤, 이번 카드값만 해결되믄

내 옷 빼돌리는 일은 안 할라니까, 지발 덕분에,

오진 사모님 밍크옷만 좀 찾게 해 주십쇼. 부탁, 헤헤헤헤…

장   (김치거리 사들고 들어서며) 점심 먹었냐?

염　오토바이 빵구 나서 애썼다는 소리는 어디 귓등으로 들었소?

　　점심 먹을 시간 있었으믄 옷을 하나 더 걷어 오지.

장　왕가네서 너 이거 갖다 주라더라. (다이어리를 준다.)

　　시간 없고 돈도 없으면서 왜 짬뽕은 외상으로 드셔서

　　사람 망신을 주시나이까?

염　(얼른 뺏으며) 언젯적 잃어버린 것인데, 왕사장 이자슥이….

장　고향 가서 세탁소 하겠다구 들어온 지 10년이믄

　　세탁소를 차려두 맘만 먹으믄 두 개 세 개는 차렸겠다.

　　(주변 살피며) 이 냥반 순대 사오라더니 어디 갔어?

　　(채소 손보며) 아저씨 순대 먹으러 오라고 그래.

염　(안채로 가며) 형님!

전화벨이 울린다. 염이 긴장하여 바라본다.

장　(받는다.) 예, 오아시스입니다. 예, 해성 아파트요?

　　(염에게 어서 들어가라고 손짓한다.)

염　오진 아파트 배달 갈라니까 전화 오면 날 불러요. (들어간다.)

장　3동 108호요? 투피스 정장하고, 예, 다됐어요, 갈 거예요.

　　아니, 하나만 배달하는 게 아니구,

　　해성 꺼는 해성 꺼대로 묶어서 가거든요. 예, 금방 갑니다!

강과 염 나온다.

염   (앞서 나오며) 잠깐만 형님 내 적을게….

강   (잘라서 말한다.) 인생 세탁, 마음 세탁!

염   눈에 보이는 것도 다 못 봐서 죽네 사네 하는데

      위떻게 안 보이는 인생하고 마음을 찾아서 빤다요?

장   그러니까 박사지요.

      (김치거리를 들여다 놓으러 간다.)

염   (얼른 장 눈치 보며) 저 형님, 저기, 거시기, 뭐시냐

      밍크가, 비싸것지?

강   밍크?

염   아니. 참, 인생 빨래 마음 빨래, 세탁이 겁나게 예술이구마잉!

강   한 번은 바지를 다리는데 주머니에 뭐가 꼬기작하니 들었어.

      보니까 유서야. 아찔했지.

      그다음부터 옷이, 그냥 옷으로 안 보이고

      옷 속에 밴 주인들 이야기가 보이는 거야….

염   일종의 그러니까 무당들처럼 신이 내리는 것 아뇨?

장   (나오며) 신이면 보통 신인 줄 아냐?

      간병인 서옥화(이하 '서')가

      똥싼 옷들을 쇼핑백에 넣어 가지고

      코를 막고 달려들어 온다.

서   (쇼핑백을 멀리 들고) 아저씨 이거요!

염과 장, 코를 막고 긴장하여 바라본다.

강, 얼른 세탁물을 놓고 받으러 간다.

강   (마중하여 받으며) 어서오세요! (가게로 들어온다.)

장   (소리 지른다.) 똥구데기를 가지고 어딜 들어와요!

      거기 밖에 놓았다가 이따가 밤에 따루 해요!

      (서에게) 아줌마, 저 똥 싼 바지 좀 갖고 오지 말라니까….

서   (들어서며) 배불렀네, 돈도 마다하고…. (순대보고) 먹어도 돼?

장   비위 좋으면 먹어요.

서   내 비위는 벌써 팔아 버렸지.

      비위 가진 년이 넘의 똥을 주므르고 있겠어?

장   똥이 돈이라매요?

서   그렇지, 할매 똥치는 일해서 먹고 사니….

강   할머니는 좀 어때요?

염   날 받아 놓은 노인네, 오늘 낼 오늘 낼 하시겠지.

서   틀렸네, 이 사람아. 오늘 오늘 하신다네.

강   위독하신가요? (할머니 빨래들을 다시 한 번 손보아 다린다.)

서   어디 자식들 등쌀에 위독하실 틈이나 있게?

장   그 할마씨 재산이 그렇게 많다믄서,

      (실밥을 물어뜯으며) 그 재산 다 어쩐대요?

서   그래서 그 재산 때미 죽지도 못허잖아.

염   (배달 나갈 옷을 챙기며) 재산이 그렇게 많아요?

서   봤으니 아나.

장   돈이 아무리 많으믄 뭘 하고 자식 있으믄 뭘 해요.

서   누가 아니래. 노후 복지 한다고 돈 모으지 말고

그저 몸 간수들이나 잘 허서.

자식들이라구 하나 쓸데없어.

그저 시도 때도 없이 들러붙어 가지구설라무니

에미 입에다 귀를 바싹 붙이고는, 돈 어디다 숨겨 뒀냐구,

이자식이 와서 그냥 들볶아 대구

저자식이 와서 종주먹을 해대니 말야.

장   그래두 그 돈 없어봐, 어디 들여다 보기라두 할라구?

서   (세탁물 중에서 코트를 몸에 대 보며) 와, 멋지다. 이게 월매야?

염   (코트를 빼앗아 가며) 얼마면, 사시게?

서   우라질, 걸쳐도 못 봐?

(원피스를 걸쳐 보며) 기똥차다!

(다른 옷들을 이리저리 대 본다.)

이참에 나도 옷 갈아입고 팔자를 바꿔 볼까나…?

염   (옷을 뺏으며) 바뀌었네.

강   (쇼핑백에 빨래한 것을 담아 주며) 여깄습니다.

서   글쎄, 똥 치는 일도 모가지가 달랑달랑 하네요.

(장에게) 개기름 사모님도 안녕!

장   (웃으며) 정말 얄미로와, 저 아줌마.

염   (바구니를 들고) 그럼, 나 배달.

안유식(이하 '안')과 그의 처 허영분(이하 '허'),

안유식의 남동생 안경우(이하 '안경'),

그리고 여동생 안미숙(이하 '안미')가 달려 들어온다.

허   여보, 여보! 여기 오아시스, 오아시스 세탁소 여기야!

안   여기가 세탁이야?

안경   (멈춰서 보며) 오아시스 세탁소!

허   (숨을 몰아쉬며) 휴우, 여기, 여기가 세탁이야!

안미   (뒤이어 들어오며) 어디야 언니?

허   여기요!

안   (거칠게 안으로 들어선다.) 여기 사장이 누구야?

강   전데요, 무슨….

안경   (사납게 훑어본다.) 우리 엄마 돈 빨리 내놓지 못해?

강   (어리둥절하여) 아니, 돈이라니…?

서   아니, 사장님덜이 어째 세탁소에 와서 옷은 안 찾고
         돈을 찾는대요?

안   아줌마, 어쨌어요?

서   뭘 어째요?

안미   우리 어머님 똥바지 여기로 가져 온다믄서요.

서   (쇼핑백을 내밀며) 여기요!

안패거리들 와 달려들어 쇼핑백을 찢어가며 하나씩 들고 뒤져본다.

서로 못 미더워서 돌려 가며 확인하는 안패거리.

허	있어요? 있어?
안미	언니, 있어요?
안경	옷이 이거밖에 없어?
안	(옷을 갈피갈피, 사이사이 거칠게 다 뒤져 본다.) 조용 해 봐!

세탁소 사람들과 '서' 어리둥절하여

안패거리 행동을 지켜본다.

서	(허에게) 할머니가 어떻게 되셨어요, 사모님?
허	어떻게 되긴 뭘 어떻게 돼요?
서	나 없는 새 돌아가셨는가 해서….
안미	아줌마!
허	그게 아니구, 의사가 오늘 넘기기 어렵다구 하는데
	아범이 물어 보니까 간신히 '세탁, 세탁' 하시잖아요.
	그러니까….
서	그래서? (고개를 끄덕인다.) 달려오셨다?
안	(옷을 팽개치며) 없네, 없어.
서	(당연하다는 듯이) 거기엔 없지요!
안	그럼 어딨어요?
안미	언니, 이 아줌마가 빼돌린 거 아냐?
서	뭘 빼돌려요?
안경	너, 조용 해! 말씀하세요.
서	아니, 그건 세탁이 다 된 옷들이구, 오늘 새로 가져온 건

(밖을 가리키며) 저기 있다고 말하려는데, 뭐가 잘못됐어요?

안　　이런, 이런. 이 아주머니가 사람을 놀리나? (밀치고 나간다.)

서　　(과장해서 넘어지며) 아이쿠, 허리야!

허　　(따라 나가며) 정신 차려요!

서　　(뒤에다 혀를 날름거리며) 늬들이나 정신 차려라.

안패거리가 가게 앞의 쇼핑백을 찾아

온갖 인상을 찌푸리며 냄새 나는 똥바지들을 뒤져 보며

무언가를 찾는다.

사람들 기가 막혀 바라본다.

안미　　(토한다.) 아유, 언니, 나 못 찾겠어.

허, 스카프를 강도처럼 입에 두르고 옷을 뒤적인다.

서　　(안미에게 놀리듯이) 넘으 똥 아녀, 어무니 똥인데….

장　　(코를 잡아 쥐며) 이게 무슨 일이야?

서　　염병, 남 없는 귀 가졌나, 콧구멍으로 들어?

　　　할매가 돈을 세탁소에 두었다고 그랬다잖아!

염, 강　　(동시에) 예?

장　　언제요?

강　　할머니가?

염　　못 움직이잖아?

서	그러니까 미친 것들이지.
강	(안, 허에게 다가가서) 뭔가 오해가 있으신 모양인데 이리 오셔서 차분히 말씀….
안	(무조건 목에 힘주고) 당신 말야, 세탁!
강	…?
안	(강을 세탁소 안으로 밀고 들어가며) 당신 말야, 우리 어머님 옷 찾아내! (멱살을 잡아 팽개친다.)
강	(넘어지며) 어이쿠!
장	(놀라) 아이구 여보, 이게 무슨 짓이에요!
안	(아내와 동생들에게) 야, 너희들, 뒤져!
안패거리	(세탁소로 들이닥치며) 예!
강	(말리려) 아니, 이것 보세요!
안경	(팔을 잡아 결박을 지어 놓으며) 어딜 도망가실려고.
허	(호기 있게 달려들어 옷들을 잡아 당겨 뒤진다.) 아가씨는 저쪽을 뒤져요.
안미	(의심하여) 싫어요, 나도 여기서 찾을래….
안경	(서로 의심하여) 거기 뭐 좀 있어?
허	없어요.

난장판이 되는 세탁소

장	(달려 들며) 어머나, 어머나, 아니 저 여자가 미쳤나. (붙잡아 막으며) 왜 남의 세탁물은 망가뜨려요?

허   (장을 밀어 넘기며) 옷이 문제야 지금?

      전 재산이 왔다 갔다 하는 판국에….

장   (잘못 넘어져 손목을 다쳐 흔들며) 아이구, 손이야.

      야, 염소팔 뭐해?

염   (달려와 허를 말리며) 아니, 이 아줌마가 돌았나?

허   그래, 돌았다, 건드리기만 해 아주,

      폭행죄로 처넣을 테니까….

염   뭐여?

장   (손목을 흔들어 보이며) 아구구, 폭행은 누가 했는데….

서   (양은대야를 두들기며) 시이도프! 잠깐만 지 말 좀 들어요.

      아니 뭘 찾든지 간에 이름을 알든지 옷을 알든지 해야지.

      사장, 사모님자 듣는 분이 이게 뭔 경우래요?

      (안패거리에게) 찾으시는 게 뭐래요?

허   (당황하여) 여보, 뭐지?

안미   (안경에게) 김순례 아냐?

안경   아냐, 안중댁이라고 그러는 거 같던데….

허   그거야 어머님 고향이 안중이고….

강   (안을 밀치고 나와) 저리 비켜요!

      (한심하여 옷들을 주워 올리며) 이름도 모르고,

      무슨 옷을 맡겼는지도 모르고….

      그래, 그 어머님 자식들은 맞나요?

      세탁소 그렇게 막 하는 거 아닙니다.

서   이기 봐유, 내가 코치 한마디 할게 들어 볼래요?

	어서 이냥반들한티 사과하고, 이실직고하고
	협조 받으시는 게 상책이여.
장	사과도 싫고, 이실직고도 싫고, 협조도 안 해!
강	대영아!

안패거리 서로 눈을 마주친다.

슬쩍 '안'을 앞에 내세운다.

안	(일단은 떠밀려 나와) 흐흠, 미안하오.
	(궁리를 하듯) 우리 어머니가, 병이 오래 되셨는데,
	뭐, 오늘을 넘기기가 힘들다고 한단 말이지요.
	그래서 하는 말인데… (또 궁리) 으흠, (포기하고)
	아는 사람은 알겠지만, 우리 어머님이 재산이 꽤 됩니다.
	아버님 집안이 재산가이신데다가
	우리 집이 부동산이 워낙 많았고,
	아버님 돌아가시고 난 다음에 이 노인네가 재산을 관리하면서
	어디다 잘 둔다고 하긴 한 모양인데,
	건강하실 때 다 두루 분배두 하구 알려두 주고 해야 할 일을,
	말 한마디 못하고 덜커덕 풍을 맞아갖구,
	저렇게 식물인간으루다가 누워 지내다가
	오늘 돌아가신다 하니까, 무슨 정신이 나는지
	'세탁', '세탁' 이렇게 두 마디 간신히 하고 입을 닥싹 못하시니,
	노인네는 인전 가신다고 봐야겠고

재산은 보전해야 되는 게 장남의….

안경, 안미 (자신들의 존재를 알리는 헛기침) 험!

허   (비아냥) 홍!

안   (안패거리 눈치 보고) 또 자식들 된 도리가 아닌가

        하는 말이지요.

        나는 똥싼 바지에다 숨기셨나 했는데 그건 아닌 거 같구,

        뭔가 이 세탁소에다 뭘 하시긴 한 것 같은데,

        통 모르겠단 말이지….

장   (설움이 북받쳐) 아니 그래, 그 통 모르겠는 일을 가지고

        남의 세탁소를 이렇게 쑥대밭을 만들어 놓았단 말이에요?

허   (아주 고상한 척) 아주머니, 미안해요. 저희가 급한 마음에….

        용서하세요, 보상은 섭섭지 않게 해 드리겠어요.

서   돈이 요사를 떠는 것이냐, 사람이 본디 요물이냐.

        통 모르겠네….

장   (염소팔에게 코를 풀어 제끼며) 옷, 바닥에 떨어진 옷들

        다 세어 봐. 사과는 사과고 셈은 셈이지.

허   아이고, 그럼요.

장   (염에게) 빨리 세어 봐!

염   (마지못해 일어나며) 알았어요.

        (억지로 세러 가서는 이쪽에 귀를 쫑긋거리고 듣는다.)

강   그러니까 지금 할머님 말씀만 듣고

        '세탁' '세탁' 해서 오셨는데,

        한두 푼 찾는 것도 아니고 전 재산 운운하시니까 참 난감합니다.

세탁소가 은행도 아니고,

안미   근데 '세탁', '세탁' 그랬대요.

         쓰러지구 그게 처음 말한 거예요.

안   엄마 쓰러지신 지 얼마 됐지?

안미   오년, 육년?

서   사년 칠 개월!

안경   와 미치겠네, 진짜. 노인네 정말….

         안, 핸드폰이 울린다.

안   (받는다.) 여보세요. 아, 김박사님, 예? 임종이요?

         아니 찾지도 못했는데…. 아, 예, 그런 게 있어요.

         아, 가야지요. (소리지른다.) 지금 간다니까! (끊는다.)

안미   엄마 간대?

허   어머님도, 조금만 더 인심 쓰시지 않구,

         세탁이 뭐야, 달룽 세탁!

서   어서 가 보세요.

         혹시 남은 반토가리 말이라두 들을지 알아요?

안경   맞아요, 형, 사람들도 곧 올 텐데….

안   (세탁소 사람들을 훑어보며) 알았어, 일단 가자구.

         (강에게 명함을 주며) 나중에라도 생각나는 게 있으면

         전화 주시고…. 저희가 다시 오겠습니다,

         (강에게 슬쩍) 명함 보시면 아시겠지만

만에 하나 불미스런 일이 생기믄,

뭐, 말하지 않아도 아시겠죠?

강   (기가 막혀 웃으며) 어쨌거나 어머님 잘 보내 드리시죠.

안   (가다가 돌아서서) 아무래도 안 되겠어. 저, 말이지…,

누구든지 먼저 찾는 사람한테 50%를 주겠소!

사람들 (놀라) 50%!?

허   여보!

안경   형!

안미   그냥 세탁소를 통째로 사!

안   가자구! (나간다.)

안패거리 종종거리며 따라간다.

서   50쁘로라! (세탁소를 둘러보며) 오아시스가 아니라

보물 세탁소네요. (강에게 애교를 부리며 코맹맹이 소리로)

강사장님~! 50쁘로! (엉덩이로 치고 나간다.)

강   (오해가 난감하여) 어허 참….

장   아니, 저 여편네가!

서   (웃으며 나간다.) 헤헤헤헤헤….

귀신에 홀린 듯이 남은 세 사람

황혼의 세탁소

참담하게 세탁소를 바라보는 강

엉거주춤하니 서서 은근슬쩍 옷을 뒤져 보는 염

두 사람을 번갈아 보는 장

장   (낯선 목소리로) 두 사람!

두 사람 돌아본다.

장   (처음 보는 얼굴로) 정말 할머니한테 아무것도 안 받았어?
강   (세탁소로 달려간다.) 에이…! (세탁소를 부순다.)
        이눔의 세탁소 다 불 싸질러 버려! (세탁소를 뒤엎는다.)
장   (남편을 붙잡으며) 아이구, 여보, 잘못했어!
염   (말리며) 형님, 참아요!

음악 - 와장창창

암전

무대 밝아지면

어두운 무대

다림질대를 밝히는 백열전구 아래

강태국이 런닝 차림으로 열심히 김을 뿜어대며

다림질을 하고 있다.

어두운 무대에 작은 불빛들이 반짝이며 움직인다.

어둠속을 누비는 불빛들

장민숙과 대영, 염소팔, 안유식과 허영분, 안경우, 서옥화,

안미숙 들이다.

곡예를 하듯 옷과 옷 사이를 누비고 숨으며

각기 결심을 피력한다.

안유식과 허영분 팀

허 (한 푼도 줄 수 없다는 듯) 50프로가 뉘집 애 이름이야?

안 그러다 몽땅 갖고 날르믄 또 어떡해?

허 그러니까 우리가 먼저 찾아야지!

안경우, 안미숙 팀

안경 (안미숙에게) 정말 김순녀 맞아?

안미 맞는다니까, 쫌 확인했어. 큰오빠는 미쳤어. 정말, 반이 뭐야?

염소팔, 서옥화 각기 홀로 팀

염 내 이번 한번만 봐 주믄 다시는 도와달라고 하지 않을팅게
    지발 덕분에 우리 엄니랑 두 다리 뻗고 잘 집 한 칸 마련하게
    도와주십시오. (확인시키듯이) 집 한 칸.
    아가씨 데려다 앉히고 엄니 모시러 가고….
    엄니, 내는 이자부터 도둑놈입니다.

서 누구든 찾기만 해라. 내가 쪽쪽 다 빨아 먹어 줄 테니.
    서옥화 팔자 한번 바꾸어 보드라고!

장민숙과 대영 팀

장   (이를 악물며) 나두 하구 싶은 거 있는 사람이야,

        이젠 다 하구 살 거, 아야! 아우 혀 깨물었다! 아우~.

대영   (짜증내며) 엄마가 하고 싶은 거에

        왜 나까지 끌어들여. 진짜 짜증나!

장   (머리를 쥐어박으며) 너 하고 싶은 거에 왜 부모 끌어들여?

        연수 갈라믄 어서 찾기나 해! 아우, 아파~

        그들은

        강태국의 뒤에서, 밑에서, 앞에서 숨어서

        마치 미션을 수행하는 첩보원들처럼

        검은 복색 일색으로 우스꽝스럽게 꾸며 입고

        세탁소에 잠입하여 서로가 모르려니 제 생각만 하고

        옷들을 뒤지기 시작한다.

        서로의 소리에 놀라면 - 야옹거리고

        서로의 그림자에 놀라면 - 찍찍거려 숨으며

        서로 스쳐 지나가면서도 돈에 눈이 가리어 알아보지 못한다.

        어둠속에 벌레처럼 꿈틀거리는 욕망의 불빛들.

        작은 전등을 입에 물고, 머리에 달고, 손에 들고

        옷과 옷 사이를 아슬아슬하게 누비는 불빛들.

        전등 불빛에 드러나는 옷들이 마치 귀신 형상처럼 보인다.

        불빛에 춤을 추는 옷들,

        이리 저리 집어던져져 날아다니는 옷들.

도깨비 옷 파티.

염소팔이 던진 옷에 백열등이 크게 흔들린다.

놀란 사람들 제풀에 얼른 옷 사이로 숨는다.

강태국이 백열등을 고정시키며 주위를 둘러본다.

강   뭐여? 왜이래? 누구 있어?

염소팔   야옹~.

강   가라, 가. (솔로 옷을 턴다.) 우리 마누라 알뜰해서

        너 먹을 거 없다.

        (고개를 갸웃거리며 입에 대고 맛을 본다.)

        어디 보자, 이게 뭐냐? 떫은맛이 나는 것도 같구, 어디 보자,

        (상자 속에서 옛날 아버지 잡기장을 꺼내 읽어 본다.)

        이 법은 옷에 무든 물의 맛에 따라

        그와 반대되는 맛 가진 물건으로 빼는 것이니

        (아버지 생각에 어깨를 들썩이며 운다.)

        아버지, 미안해요. (다시 상자를 뒤지며)

        (세탁대 밑에서 소주병을 꺼내며

        먼지를 닦아 한 모금 마신다.)

        세상이 어떤 세상인데 세탁소를 하나? (또 한 모금 마신다.)

        인간 강태국이가 세탁소 좀 하면서 살겠다는데

        그게 그렇게도 이 세상에 맞지 않는 짓인가?

        이 때 많은 세상 한 귀퉁이 때 좀 빼면서,

        그거 하나 지키면서 보람 있게 살아 보겠다는데, 왜 흔들어?

돈이 뭐야? 돈이 세상의 전부야?

(술 한 모금 마시고) 늬이놈들이 다 몰라 줘두

나 세탁소 한다. 그게 내 일이거던….

사람들, 자기 자리에 숨어서 강을 보며

제각기 분통을 터뜨린다.

대영   (방백) 진짜 짜증나, 아버지 왜 저러지?

허   (방백) 미쳤어!

염   (방백) 돌아 버리겠네

안경   (방백) 확 죽여 버릴까….

장   (비명 지른다.) 악!

강   (놀라) 거 누구요?

사람들   (그들도 놀라 다급하게 저마다 동물 소리를 낸다.) 아야옹,

         찍, 찍.

강   세탁소가 갑자기 동물의 왕국이 됐나?

강, 고개를 갸웃거리며 옷들 사이를 이리 저리 살펴본다.

다시 흥얼거리며 옷을 정리하는 강.

잠깐 놀란 듯이 멈추며 옷을 들고 서 있다가

세탁대로 와서 아버지의 잡기장을 뒤진다.

강   그렇지, 할머니가 처음 세탁물을 맡겼을 때가

아버지가 살아 계셨을 때니까,

(세탁대에 앉아 잡기장을 읽으며 고개를 끄덕인다.)

아버지! 그래, 여기 있네, 있어.

사람들 더욱 조급해진 마음에 제각기 궁시렁댄다.

염	(방백) 원수가 따로 없구먼.
안	(방백, 명령조로) 불을 꺼 버려!
서	(방백) 두꺼비집을 내려!
안미	(방백) 어서요!
염	(놀라 얼떨결에) 예! (두꺼비집을 내린다.)

어두워지는 세탁소.

반짝이는 불빛들의 대이동.

강	(뭔가 느끼고) 뭐야, 염소팔이냐?
염	(똥마려운 강아지처럼) 으응~ (놀라) 끄응~.
사람들	(점점 더 음흉스럽게 짐승 소리로 으르렁댄다.)
강	(알겠다는 듯이 짐짓 과장스럽게)
	우리 세탁소에 도둑괭이들이 단체로 들어왔나?
사람들	(단체로) 예-, 야옹!
강	(잡기장을 단단히 말아 손에 움켜쥐고) 알았습니다.
	그럼 사람은 이만 물러가야지.

이거 어두워서, 빨리 비워 드리지 못하겠는 걸.

사람들   (후레시로 안채 가는 길을 비춰 준다.)

강   고맙다. (안채로 간다.)

음악

어둠 속에서 본격적으로 벌어지는 수색 전쟁….

이때 세탁소에 불이 확! 켜진다.

드러난 사람들 꼬라지.

코피 찍, 머리 산발, 자빠지고, 엎어지고 찢어지고 터지고….

강태국이 두꺼비집 옆에 서 있다.

놀라는 사람들.

놀라는 강태국.

강   대영아!

대영   (머리를 부여잡고 운다.) 아빠!

강   (아내에게) 다, 당신 미쳤어?

장   미쳤, 아야, 또 혀 깨물었다!

강   염소팔 너 이놈~!

염   히히이잉… 헹님~.

강태국이 사람들 사이에

널브러진 시체 같은 옷들을 주워 든다.

분노에 찬 강태국

강	이게 사람의 형상이야? 뭐야! 뭐에 미쳐서 들뛰다가
	지 형상도 잊어 버리는 거냐구!
	(손에 든 옷 보따리를 흔들어 보이며)
	이것 때문에 그래? 1998년 9월 김순임?
장	(감격에) 여보!
대영	엄마, 아빠가 찾았다!
안경	(동생을 때리며) 야, 김순임이잖아!
안	(다가가며) 이리 줘!
강	(뒤로 물러서며) 못 줘!
장	여보, 주지 마!
사람들	(따라서 다가서며) 줘!
대영	아빠, 나!
강	(물러서며) 안 돼. 이렇게 줄 순 없어!
안경	날 줘요. (엄마에게 응석 부린 것처럼) 나 부도 난단 말이야!
허	(거만하게 포기하듯이) 아저씨, 여기요,
	50% 줄 테니까 이리 줘요!
안미	(뾰족하게) 내 거는 안 돼!
허	내 거가 어딨어? 결혼할 때 집 사줬으면 됐지!
안미	나만 사줬어? 오빠들은?
안	(소리친다.) 시끄러! (위협적으로) 죽고 싶지 않으면 내 놔!
사람들	(따라서) 어서 내 놔!
강	당신들이 사람이야? 어머님 임종은 지키구 온 거야?
사람들	아니!

강	에이 나쁜 사람들. (옷을 가지고 문으로 향하며) 나 못 줘!
	(울분에 차서) 이게 무엇인지나 알어? 나 당신들 못 줘.
	내가 직접 할머니 갖다 드릴 거야.
장	여보, 나 줘!
대영	아버지, 나요!
강	안 돼, 할머니 갖다 줘야 돼. 왠지 알어?
	이건 사람 것이거든. 당신들이 사람이믄 주겠는데,
	당신들은 형상만 사람이지 사람이 아니야.
	당신 같은 짐승들에게 사람의 것을 줄 순 없어. (나선다.)
안	에이! (달려든다.)
강	(도망치며) 안 돼!

사람들 강을 향해 서로 밀치고 잡아당기고 뿌리치며 간다.

세탁기로 밀리는 강

강 재빨리 옷을 세탁기에 넣는다.

사람들 서로 먼저 차지하려고 세탁기로 몰려 들어간다.

강태국이 얼른 세탁기 문을 채운다.

놀라는 사람들 세탁기를 두드린다.

강, 버튼 앞에 손을 내밀고 망설인다.

사람들 더욱 세차게 세탁기 문을 두드린다.

강, 버튼에 올려놓은 손을 부르르 떨다가 강하게 누른다.

음악이 폭발하듯 시작되고

굉음을 내고 돌아가는 세탁기

무대 가득 거품이 넘쳐 난다.

빨래되는 사람들의 고통스런 얼굴이

유리에 부딪쳤다 사라지고,

부딪쳤다 사라지고….

강이 주머니에서 글씨가 빽빽이 적힌

눈물 고름을 꺼내어 들고

무릎을 꿇고 앉는다.

강   (눈물고름을 받쳐 들고) 할머니 비밀은 지켜 드렸지요?

        그 많은 재산, 이 자식 사업 밑천 저 자식 공부 뒷바라지에

        찢기고 잘려 나가도,

        자식들은 부모 재산이 화수분인 줄 알아서

        이 자식이 죽는 소리로 빼돌리고,

        저 자식이 앓는 소리로 빼돌려,

        할머니를 거지를 만들어 놓아도 불효자식들 원망은커녕

        형제간에 의 상할까 걱정하시어 끝내는 혼자만 아시고

        아무 말씀 안 하신 할머니의 마음,

        이제 마음 놓고 가셔서 할아버지 만나서 다 이르세요.

        그럼 안녕히 가세요!

        우리 아버지 보시면

        꿈에라도 한번 들려 가시라고 전해주세요.

        (눈물 고름을 태워 드린다.)

음악 높아지며

할머니의 혼백처럼 눈부시게 하얀 치마저고리가

공중으로 올라간다.

세탁기 속에 사람들도 빨래집게에 걸려 주욱 걸린다.

강   (바라보고) 깨끗하다! 빨래 끝!

          (크게 웃어 보자) 하하하….

                                                          끝.

03

오아시스 세탁소 습격사건

정담

일시 및 장소 **2014년 1월 3일 15시 대학로 토즈**

사회 **이지은**(홍보대행사 모슈컴퍼니 대표)

참석자 **김정숙 대표, 선욱현 대표, 조준형 배우**

나도 이제 하고싶은거 다 하고 살거야!

사회   오늘은 〈오아시스세탁소 습격사건2〉(이하 '오아시스2') 씨어터북
       발간에 즈음해서 '오아시스'에 대한 이야기를 나눠 보려고 합니다.
       작품을 쓰신 김정숙 작가, 〈오아시스 세탁소 습격사건1〉(이하 '오
       아시스1')에서 염소팔 역할을 하고, 현재 강원도립극단 예술감독이
       면서 극단 〈필통〉 대표인 선욱현 감독, 그리고 오아시스1에서 가
       장 오랫동안 강태국 역할을 했고, 지금은 후배 배우들을 훈련시키
       고 있는 조준형 배우를 모셨습니다. 오늘 대담에서 소극장 연극의
       새로운 역사를 써 나가고 있는 오아시스의 이모저모를 짚어 보고,
       이미 연극을 본 관객이나 앞으로 보게 될 관객은 물론, 관심을 가
       진 분들이 궁금해하는 다양한 이야기를 전달하고 싶어 자리를 마
       련하였습니다. 지난 번 예비 모임에서는 '오아시스1, 2'를 통틀어서
       작품 내적인 변화와 외적인 변화에 대해 이야기했지요. 김정숙 작
       가님은 처음 작품을 쓰게 된 배경, 그리고 오아시스2를 쓰면서 생
       각이 바뀐 부분, 작품과 관련한 극단 모시는 사람들의 상황들, 의
       미들을 말씀해 주셨어요. 그리고 또 '세탁소'의 의미에 대해서도 말
       씀해 주셨는데, 오늘 그 부분을 다시 이야기해 주셔도 좋겠습니다.
       오아시스1과 2 사이에는 10년이라는 시간의 간극이 있으니까, 아
       마도 그 시간 축 자체로 새로운 의미가 나올 것 같습니다. 또 하나,

며칠 전에 작가님이 전체 배우와 스태프가 모인 자리에서 회의를 하면서 좋은 말씀을 많이 해 주셨는데, 그때 '오아시스'의 의미에 대해 이야기한 것이 인상적이었습니다. 이 세탁소가 '강씨네 세탁소'도 아니고 '태국이네 세탁소'도 아니고 '오아시스 세탁소'인 데는 어떤 의미가 있을 것 같아요. 지금, 새로이 2015년을 맞이한 지금에는 더욱 오아시스라는 의미가 뚜렷하게 다가오는 것 같아서 그 부분에 대해서 배우, 연출가, 작가의 입장에서 각각 말씀해 주시면 좋을 것 같습니다.

김정숙　사람마다 세상을 보는 시각이 있지. 스스로를 진단해 보면 나는 아마 세상을 '사막'이라는 관점에서 바라보지 않았나 해. 요즘 세상은 특히 '디지털 사막'이라는 생각을 많이 하지. 또, 서영은 씨, 내가 참 좋아하는 소설가인데, 그 양반이 쓴 〈먼그대〉에서, 주인공 여자가 자기를 낙타에 비유하는 부분이 나와. 불륜남을 사랑하게 되어, 어려운 사랑을 하는데, 그 사랑, 자기가 감내해야 되는 그 사랑을 받으면서, 또 하면서, 함께 받을 수밖에 없는 고난을 감내하는 모습을 '낙타'라고 표현했다고 이해했어, 20대 후반 아니면 30대 초반에 본 것 같은데, 그때 사막의 이미지를 좋게 가지게 된 것 같아.
내가 연극을 하면서, 연극이 참 쉬운 작업이 아니잖아, 그지? 이 작업을 스스로 감내하고 감수하면서, 마치 낙타가 무릎을 꿇고 엎드려서 짐을 싣고, 일어나서 사막을 걸어가는 그런 모습에다 나를 가져다가 투사시켜 놓고 위로하기도 했던 것 같아. 그래서 낙타라는 이미지는 나한테 친숙하고, 그가 걸어가는 사막, 세상이 사막이라는 이미지도 특히나 요새는 더 많이 그런 것 같애. 나 혼자서(웃음) 많이 하는 놀이 중 하나가 '지구에서는, 지구살이는…' 요새 이 렇게 나를 타자화해가지고 얘기하는 습관이 생겼어. '지구에서는 이딴 걸 중요하게 생각해.' 지구 통신원처럼 내가 나에게 전송하는 거야. '지구 사람들은', '지구에서는' 이런 식으로 얘기를 하는데, 대 체로 지구에서의 인간의 삶을 사막을 건너가는 낙타로, 그렇게 많 이 대표적으로 표현하곤 해. 그때 오아시스가 사막에서 어떤 존재 인가 생각해 보면서, 이 작품의 세탁소 이름이 오아시스가 됐지. 다 른 얘기로, 이창동 감독이 〈오아시스〉란 영화를 했을 때도 난 되게 충격적이었던 게, 설경구랑 문소리가 사랑을 나누는 방, 참 괴로운 사랑이었었는데, 그 방에 벽걸이 카페트가 있었어. 기억하는지 모 르겠는데, 그 안의 그림이 뜻밖에도 오아시스였어. 그 낙타랑 오아 시스가 있는 그림, 그 밑에서 남녀가 힘든 사랑을 나누는데, 나는 그 사랑을 나누는 장면보다도 카페트 장면이 더 마음에 와 닿더라 고. 이창동 감독이나 미술하는 분들이 그냥 뒀을 리는 없고, 오아시 스가 작가의 메시지를 표현하는 좋은 방법이라는 생각이 들었어.

사회   철학적이고, 심오한….

김정숙   너무 어렵게 갈 건 아니고…. 아, '오아시스'라고 하면 선한 연극의 대명사이기도 한데, 나이가 들면서 연극에 대한 생각들이 달라져. 특히나, 내가 크게 아프던 그때, '내가 다시 연극을 한다면 내 욕심 으로 하지 않고 세상에, 연극에 기여하고 싶다.' 이런 생각의 전환 을 하던 끝에 나온 오아시스이기 때문에, 그 태생 자체가 이 친구 는 선한 거지, 착하다기보다는 선한 의지가 강한, 나눔의 의지가 강한 거라고 할 수 있어. 그 이전 〈블루사이공〉까지의 작품이라든가 〈쌀밥에 고깃국〉까지도 사실 극작하는 김정숙을 빛내거나 자랑하거나 '내가 이렇게 멋진 아이디어가 있어요'라고, 연극하는 김정숙이 앞장섰다면, 이 오아시스부터는 그런 전환, 나눔이라고 하는, 극작이라는 게 내가 가지고 있는, 이 인생에서 유일하게 내가 노력해서 어느 정도 가지고 있을 수 있는 아주 작은 재산, 이거를 어떻게 하면 잘 나눌 수 있을까가 내 삶의 목표로 되면서 탄생한 작품, 오아시스는 그렇게 얘기할 수 있어. 그러다 보니까 '누구 덕'이라고 할 때 우리가 '이름 값 한다'고 이야기하잖아? 태생이 그래서 이 친구는 그렇게 사람들에게 오아시스가 돼서 많이 흘러가는, 그게 이 작품의 아우라가 아닌가 해.

사회　사막을 건너가던 낙타가 오아시스가 됐어요. 작가님과 오아시스가 혼연일체가 되는….

김정숙　그다음, 오아시스의 밤, 오아시스의 밤이 되게 소중해. 역시 이번 작품의 화두는 오아시스의 밤이야. 낙타들도 다 쉬고 있는 그 오아시스 가에 앉아서 주인장은 과연 어떤 걸 하고 있는지가 바로 이번 작품에 화두라고 할 수 있어. 남들이 다 착하다는 강태국 씨, 오아시스 주인장은 과연 그 시간에 어떻게 하고 있는지, 이 사람은 그 선함을 어떻게 스스로 만들어 내고 있는지가 모티프가 되는 거지. 그래서 지난번 회의에서도 오아시스의 밤을, 지금 오아시스하는 배우, 스태프들한테 굉장히 많이 설명했지. "오아시스의 밤이다. 그 밤을 봐라. 오아시스의 시간이 밤 12시부터 새벽 4시까지가 절정인데, 그 밤 시간에 특별히 찾아오는 손님들의 이야기다." 이거지. 공연을 보러 오시는 분들을 보면, 내가 그렇게 의도를 했나 싶을 정도로 힐링이 돼서 가시더라고. 뜻밖에 연기자가, 캐릭터들이 막 쳐들어오는 것처럼. 그 밤에, 그 고요 속에, 강태국의 고요 속에 들어와서 한번 분탕질을 하고 가는데, 옷만 세탁하는 게 아니라 자기를 완전히 세탁하고 나가는 것 같은 환상이 공연을 보면서 들더라는 거. 종훈이(염소팔)가 세탁이 돼서 나가고, 고시원이 세탁이 돼서 나가고…. 그런데 자기의 맺힌 거는 토해 놓고 가는데, 그 토사물을 손에 들고 있는 강태국이 흔들리는 거는, 요번 작품에서 사실 많이 그 부분에서 많이 싸운 건데, 어떻게 싸웠냐면 솔직하게 진짜 잘난 척 하나도 안 한 거거든. 굉장히 쉽게 갔지. 그래서 관객들이 그런 얘길 많이 해. '반전이 없어요. 뭔가 특별하지가 않은데 왜 먹먹하지?'라고 하는 데, 이거는 진짜 의도한 거야. 왜냐하면, 내 수준이 요거밖에 안 되는 건 내가 먼저 자수하는데, 여기에다가 요즘 관객들이 보는 화려한 극작 테크닉을 넣고 싶지 않았던 거야. 연극 보러 온 사람들이 오롯이 강태국이라는 배우에 주목, 집중할 수밖에 없도록 하는 거. 말이 너무 아름다워서, 아니면 극적 장치가 어때서, 서스펜스하고 막 이런 거 없이, 볼 게 없어서 강태국만 보게 되는, 들을 게 없어서 사람들의 대사를 듣게 되는, 말을 듣게 되는…. 이렇게 나는 회귀하고 싶었던 거지. 너무 많은 사람들이 자기가 글을 쓰고, 유튜브에 올려서 자기가 배우되고 이러다 보니까, 진짜 이야기나 배우가 그립지 않은 세상을 산다는 게, 연극하고 작가인 내 입장에서는 위기로 다가오거든. 그렇다면 진짜 배우는 당신들과 무엇이 다른가가 그 안에 들어가 있는 거지. 나는 나 나름대로 포진을 시켰던 거야. 그래서 그렇게 옷만 빼는 강태국이 아니라, 사람의 마음을 빼는, 어느 순간 자기 친구까지도 의심하고 친구를 세탁기에 넣어서 빨고 싶은 충동을 느끼는, 그러다가 자기도 모르게, 스스로 더럽다고 느껴지는, 어떻게 표현하면 원효의 각성에 해당하는 대전환인데, 그 굉장한 전환이(웃음) 너무 평범한 일상 속에 반복되고 있어서 관객들이 그 전환을 아주 크게 받지는 않으시는 것 같아. '그래서 그게 뭐? 자기가 혼자 고민하다가 해결을 하더라구요.' 이런 정도 반응인데, 그럼에도, 아니, 그러니까 그 사람도 굉장히 훌륭한 사람이라는 거지요. 대체로 보면 우리가 욕망에 휘둘릴 때는 자기가 휘둘리는지 모르고 스스로가 막 미친놈처럼 돌아다니다가 어느 순간 제자리에서 정신차리고 돌아보는 경우가 많은데, 우리 관객들이 너무 세련되었거나 다 도사들이신지…. 내가 보기로는 10%쯤의 관객들이 조금 힘들어하시는 거는 같은데…. 그런 마음, 내 마음을 닦는 것, 내가 좋아지는 것이 남을 향해서 손가락질하고, 남을 향해서 바꾸라고 이야기하고, 남에게 뭐라고 이야기하는 것보다 얼마나 효율적인가를 깊이 생각해 볼 수 있으면 좋겠어. 그다음에 우리가 인생을 살아가면서 겪는 여러 가지 부스럼들은 치유되는 거고, 당연한 거고, 닦으면 되는 거고…. 〈강아지똥〉 공연하는데 아기 말에 깜짝 놀랬잖아. 내가 더럽다고 그랬더니 진짜로 애가 그런다, 객석에서. '닦으면 되지!' 나는 그때 '저기에 부처님이 앉아 있구나.' 그렇게 생각을 했어.

사회   네, 김정숙 작가님의 말씀에서, 하나의 작품이 어떤 배경에서 탄생하고, 그리고 핵심적인 메시지가 어떻게 형성되는지 알 수 있게 됩니다. 오아시스의 의미, 오아시스의 밤이라는 시간적인 배경….

왜 이 작품을 사람들이 여러 번 보는지 그 이유도 알 수 있을 거 같습니다. 또 평범해 보이는, 단순해 보이는 극적 배경과 흐름이 화려한 극적 장치보다 얼마나 더 큰 울림을 줄 수 있는지, 그게 한편으로는 작가님의 내공이라는 생각, 다른 한편으로는 그야말로 이 사막같은 세상 속에 오아시스 같은 삶의 태도가 아닌가 생각합니다. 그리고, '일상 속의, 나로부터의 전환' 이야기도 가슴을 울리고요, 특히 '닦으면 되지!'라는 말에는 오싹 소름이 돋았어요. 여기서, 그 말의 주인공인 강태국의 말씀을 들어봐야 할 것 같네요. 조준형 님은 강태국 역으로 오아시스1에 오랫동안 출연하셨잖아요? 강태국 역이 관객이 볼 때는 멋있기도 하고, 특히 오아시스1에서는 이런저런 불평과 모순들을 많이 받아들이는 사람이잖아요. 인간적으로는 세상에 없을 것 같은 좋은 사람이기도 한데, 배우 입장에서 봤을 때, 강태국은 어떤 캐릭터인가요?

조준형 오랜만에 강태국 얘기를 하게 되니 설렙니다. 제 사십대 거의 10년은 오아시스1에 젖어서 살았다고 생각해요. 그거 말고 다른 작품도 많이 했지만 기억나는 작품이 없을 정도로. 저는 강태국 역을 맡았을 때 많이 갈등했어요. 내가 정반대의 사람이기 때문에. 실존적으로 봐도 내가 생각하는 인간은 절대 선하지 않은데…. 그 갈등이 가장 심했는데, '사기를 쳐야 하는가?' 이 문제가 가장 어려웠습니다. 특히 작품이 교과서에까지 실리는 바람에 배우로서는 많이 힘들었습니다. 오히려 오아시스2에는 세탁소 문을 열어 놓고 등을 보여주는 장면이 있잖아요. 사실 그 장면이 정지 장면으로 15분 정도 나오면 좋겠다, 저한테, 강하게, '저거라면 내가 할 수 있겠다.'

하는 생각이 많이 들었습니다. 강태국은 있을 수야 있겠지만, 현실 세계에서는 없을 캐릭터라고 생각합니다. 그건 예수님이나 신이나 가능한 일인데, 뭐라고 할까, 누구나 태생적으로 오아시스는 가지고 태어나는데, 그것을 모르는 거죠. 강태국은 아버지로부터 받은 건지, 혹은 영감으로 얻은 것인지, 그것을 알고 있는 사람인 것 같아요. 그것을 저는 영적인 것이라고 봅니다.

김정숙 나도. 영적인!

조준형 그렇게 살 수밖에 없는 거죠. 그 사람이 선하게 살라고 교육을 받았다? 그런 건 아니겠죠. 아버지한테 익힌 것도 있겠지만, 그런 거보다는 그렇게 태어난 거라고 보구요, 좀 어려운 말로 하면 대속적(代贖的)이다, 오아시스는. 그렇게 얘기할 수 있어요. 최근에 나는 '황금성' 이야기를 많이 하는데, 오아시스가 곧 내가 말하는 황금성입니다. 누구나 가지고 있는 그 보물 오아시스, 황금을 이웃에게 펼쳐 보이면 나는 나 스스로 오아시스가 되는 것이고, 또 우리 이웃들에게 오아시스가 되는 것이고…. 요즘 제가 고민하는 게 '내가 왜 태어났을까, 이 땅에서 나는 뭐 하며 살다 가야 될까?' 하는 문제인데, 굉장히 외로운 작업이에요. 이건 누구한테 설명해서 될 일이 아니고, 쉬운 말로 '팔자다, 운명이다.' 그렇게 얘기하죠. 그래서 나름대로 신에게 조금 먼저 받은 것을 '밝혀준다, 열어준다, 펼쳐준다.'라고 내 소명을 얘기했을 때, 그게 내가 세상 사람과 같이 사는 오아시스가 아닐까 생각해요. 그런 점에서, 절대로 도달할 수는 없지만 그쪽으로 방향을 틀고 움직일 때 감동이 있고, 완전하지는 않지만 거기에 위안이 있고, 행복이 있고, 소망이 있지 않나, 그런 인물이 강태국이다, 완벽하지는 않지만 그렇게 방향을 틀고 가려고 하는 모습, 몸부림 치는 인물이 강태국이라 생각합니다.

사회 작가님, 그러면 강태국이 그런 사람이라는 것을 고시원이나 염소팔이나 박아주는 알고 있을까요? 강태국은 자신이 먼저 아는 사람이랄까, 아니면 본인이 그런 것을 가지고 있고 주기도 하는 사람이라는 것을 다른 사람들이 알고 있을까요?

김정숙 안다는 것, 안다, 그게 뭘까? 거꾸로 이야기를 해 볼까? 나는 어떨까? 우리가 강태국을 이야기하지만, 본인은 어때? 본인이 어떤 사람인 걸 알아? 그래서 그렇게 하려고 해? 어때?

사회 안다고 생각하는 순간 반전이 찾아오는 것 같아요.

김정숙 아는 사람이야 모르는 사람이야? 강태국은 어때?

조준형 질문이 너무 어려운데요.

김정숙 물이 한 그릇이 있다고 생각해 봐. 여기에 염분이 몇 %가 될까 한다면, 우리는 그냥 물의 상태라면 강태국은 옷 하나하나에 진짜 정성을 다해서 스스로를 갖다 뿌려 줌으로써 증발시킬 수 있는 그런 힘을 가진 사람이어서, 마지막에 소금이 될 수 있었던 사람이라는 거지. 그러니까 이 강태국 인물이 만들어진 게, 나는 이렇게 못됐는데, 내가 이렇게 못된 것처럼 세상 사람들이 다 못됐으면 벌써 지구가 쪼개졌어야 되는데, 그지? 소돔과 고모라를 하나님이 어떻게 하셨던 것처럼. 그런데 안 쪼개지고, 안 무너지는 건 그만한 이유가 있거든. 내가 이천 살 때, 버스에 할머니가 타는데도 내가 눈 감은 척했을 때, 내 뒤에 앉은, 나보다 더 험한 일을 하루종일 했던 언니가 할머니한테 '여기 자리 있슈.' 하면서 할머니를 모셔 갈 때

속으로 엄청 울고, 버스에서 내려서 '저 언니 때문에 지구가 안 깨지는구나.' 하는 맘에, 그 언니가 의인이라고 생각했어. 그래서 호성이(연출)가 동네 세탁소를 소재로 연극으로 만들자고 하면서, 세탁소 아저씨, 그 난닝구만 입고 있는 강태국 아저씨가 '이 세상을 세탁하고 계시다.' 하는 얘기로 발전된 거지. 준형이가 이야기했던 대속(代贖)의 의미도, 정말 그게 나를 드러내기보다는 상대를 위해서라고 하는 걸로, 아저씨가 바꿀 수 있는 걸로, 그게 진짜로 운명인지는 그거는 모르겠어, 그런데 아저씨는 그렇게 하지. 그렇게 할 수 있다는 게 엄청난 일이거든. 나도 물론 착한 일을 해. 그런데 하면 할수록 아프더라고. 승질이(웃음) 나가지고, 밸이 틀리고, 막 착한 척을 하는 게 잘 안 돼. 50을 넘어가니까 조급해져서. 진심.

선욱현   강태국은 착한 사람이죠. 착한 사람이어서 할 수 있는 일이 있어요. 요즘 착한 사람이 많이 없어요. 예수님이 성전에서 채찍을 들었던 것처럼, 진짜 착하면, 아주 착하면 포악할 수 있는 것 같아요. 우리가 의로운 사람이라고 칭송하는 윤봉길, 안중근 의사를 일본에서는 테러리스트라고 치부하잖아요? 폭력적인 인물이라는 거지. 윤봉길 의사가 그 일을 할 때가 스물다섯 살이었는데, 그 청년이 도시락 폭탄을 던질 수 있는 건 어느 정도 마음이 깨끗해야 그렇게 자기를 다 던질 수 있을까 하는 시각에서 보면, 강태국은 다 받아주는 것 같고, 다 참고 있지만 결국은 마지막에, 이게 연극이어서 그렇지 사람들을 전부 세탁기에 넣고 빤다는 행위는 대단히 폭력적인 거거든요. 그의 머릿속에서 그 정도의 방법론이 떠올랐다는 것, 그리고 그걸 실제로 실행한다는 것이, 그 이면을 들여다보면,

결국은 이 사막같은, 험난한, 때문은 세상을 살아가지만은 그 스스로 그만큼 깨끗한 바닥을 유지하고 있었다는 걸 확인하는 감동이 있어요. 그런 부분에서 관객들이, '아, 나도 강태국의 손에 빨래되고 싶다.' 하는 격한 공감을 하는 것이 아닐까요? 저도 그랬거든요. 오아시스1 초연 때부터 오아시스2까지 참여한 사람으로서 오아시스1을 밖에서 볼 기회가 있었어요. 언젠가 '근로자연극제' 심사를 맡았는데, 그해에 세 개 극단이 오아시스1을 가지고 나온 거예요. 그래서 저는 본의아니게 공연을 했던 사람이, 그 공연을 세 번이나 심사하게 된 거죠. 그때 묘하게 제가 공연할 때 못 느꼈던 걸 느꼈어요. 관객들이, 수많은 사람들이 했던 말을 저 스스로 했어요. '내가 저 안에 들어가고 싶다.' 못하는 팀도 있고 잘하는 팀도 있었는데, 못하고 잘하고를 떠나 그 마지막 장면에서 제가 저 안으로 들어가고 싶은 거예요. 씻겨지고 싶은 거예요. 저는 그 마음이 결국은 10년간 관객의 마음을 흔든 지점이 아닌가 생각합니다.

김정숙 너무 좋은 이야기네. 그게 아마 내 마음속에서, '너는 강태국 같은 사람이야?' 질문하고, '아니잖아. 그러면?' 생각하면서, '닦으면 되지!' 답하는, '닦으면 돼! 닦을 수 있어요!' 하는 강태국의 답변으로 돌아오는 과정을 잘 말해 주는 것 같아.

사회 저도 드릴 말씀이 있는데요. 저는 '이 연극을 보려고 오시는 관객들은 선한 사람들이다.' 하는 생각을 해요. 스스로가 더러운 줄 모르는 것도 나쁘지만, 요즘 '쿨'한 척 위장해서 위악을 떠는 사람도 많잖아요. 저도 그런 사람 중 한 명인데요, '나쁜데, 그래서 어때? 남들 다 그렇게 살잖아?' 내지는 '이게 세상을 제대로 사는 거야. 너희가 위선자야.'라고 당당히 이야기하는 제 모습, 그런 사람들의 모습을 자주 발견해요. 드라마나 영화에서도 그런 장면이 일상적으로 등장하죠. 그런 점에서 '33만(오아시스1 전체 관객)'은 착한 사람들이 아닌가 하는 거예요. 내가 허물이 있음을 알고 이것을 닦고 싶다고 느끼는 사람들. 드러내 고백하지 않고 혼자만 느낀다고 해도, 오아시스1이 10년간 계속되고, 33만 관객이 찾아와 주신 건 보고 간 사람들이 추천을 해 주기 때문이거든요. 그 추천 사유는 아마도 그러한 닦음, 세례의 감동 때문이라고 볼 수 있겠죠. '8세 이상 관람가'라는 것도 생각할 부분이고, 누가 봐도 비슷한 정도의 감동을 느낄 수 있는 것 같아요. 실제 오아시스가 무엇인지 모르는 초등학생이 봐도 그만큼의 감동을 느낄 수 있다는 점이 33만 관객을 불러 모은 힘이 아닐까 싶어요. 이제, 얘기를 좀 진척시켜 보겠습니다. 연극의 인물이 작가가 애초에 의도한 것하고 달리 가기도 하고, 말 그대로 세상에 내어놓는 순간 자라는구나 하는 느낌을 받거든요. 작가님 생각도 그런 건가요? 배우 입장에서는 어떤 작가가 탄생시킨 인물을 내가 키워 낸다는 표현이 맞나요?

김정숙   준형이, 욱현이 두 사람이 대표적인 배우지. 오아시스1의 염소팔은 처음에 영걸이라고 하는 아주 순정적인 친구였어. 윤영걸이라는 배우를 염두에 두고 초고를 써서 그 순정성이 드러나 보이는 쪽이었지. 그런데, 오아시스의, 오죽해야 다 망해 가는 오아시스의 세탁맨으로 일하는 정도의 친구를, 관객이 다소 바보스럽게 생각할 수 법한 그 인물을 희극적으로 사랑받을 수 있게 만든 배우가 바로 선욱현(염소팔 분)이어서, 초연 때 심지어는 '진짜로 선욱현 때문에 이 작품이 빛났다'고 얘기할 수 있는 정도로 선욱현의 연기력과 해석이 관객들을 즐겁게 해 줬지. 작가가 낳아 놓은 인물을 배우가 키워 간다는 말이 딱 그대로야.

선욱현 아무도 그렇게 이야기 안 했어요.(웃음)

김정숙 아니 내가 그 평을 봤어. 그다음에, 조준형(강태국 분)은 정말 강태국을 끌어안았어. 해를 끌어안은 것처럼, 가외의 것들이 모두 증발되는 것처럼, 그렇게 강태국을 안으면서 본인도 점점 소금이 되어 가는…. 내가 오아시스2를 하면서 조준형이 오아시스1을 할 때 괴로웠던 문제점들을 해결하려고 지금 노력을 많이 해. 사실 혼자서 10년을 했다고 하면, 나는 십년이지만, 오아시스를 거쳐가는 배우들 개개인은 이제 첫발이잖아. 그 균형을 맞춰 가는 일이 너무 어려운 거지. 나는 십년이나 애를 썼지만 다 끌어안고 한 무대에서 하나를 만들면서 가는 마음이 진짜 강태국 마음이야. 사람들이 공연 끝나고 나서 나한테 조준형-강태국을 참 많이 이야기해. 오아시스의 트레이드 마크 같은, 오아시스의 강태국 아저씨는 딱 조준형이라는…. 그리고, 또 하나 이야기하자면 사실 처음 포스터가 나올 때, 정말 고마운 사람이 일러스트레이터지. 연습장에 일주일 내내 와가지구, 기억나지? 연습을 보면서 그 친구가 그 판화 이미지를 만든 거야. 그 이미지 속 인물도 조준형이고. 그래서, 대표적으로 이 두 사람(조준형, 선욱현)이 배우로서, 연기로서 다른 메소드를 가지고 인물을 승화, 작가 이상으로 승화시킨 거지. 아유, 이런 배우들만 있으면 어느 작가가 더 이상 행복할까. 그러니까 완벽하게 더 발전시켜서 업그레이드된 인물로 만들어서, 지금의 염소팔이

다 선욱현이 짝퉁들이지. 다 그거를 베끼고 있는 거지. 그건 굉장히 좋은 거야. 고마운 일이지. 나는 그렇게 생각하거든.

선욱현 서두에 조준형 선배가, 나는 절대 강태국이 아닌데 그 노릇을 하려니 힘들었다고 말을 했지요. 그런데 작가님도 앞에서 강태국이 '절대 착한사람'은 아닌데 너무 오해만 하는 것 같아서 오아시스2에서 그의 본성도 좀 드러내고 싶었다는 말씀을 하셨어요. 저는 배우 조준형의 복합성, 그걸 이렇게 표현해 보는데, 참 착한 얼굴을 가지고 있는데, 가만히 있으면 무서운 얼굴도 나오고, 또 다른 얼굴도 나올 수 있고, 게리 올드만처럼 다양한 얼굴을 가진 배우라고 생각해요. 그래서 말없이 인물들의 리액션을 다 받아주는 오아시스1의 1장, 그 장면에서의 모습, 단순히 그냥 순하고 착한 사람으로만 보여서는 해결되지 않을 그런 복합성을 훌륭히 드러낸 것이 바로 배우 조준형이 도달한, 배우로서의 한 경지가 아닌가 생각합니다.

김정숙 힘겨워 보여, 슬퍼 보여.

선욱현 그래서 저는 조준형 님이 강태국을 참 잘 만들어주셨다고 생각해요. 그리고 제가 했던 염소팔과, 또 다른 조단역들이 연기할 때 좋은 점이 있어요. 우리가 일상에서 잘 드러내지 못할 조악한 본성이긴 한데, 치졸하고 되게 못되고, 못나고 그런 지점을 여과없이 드러내요, 이 캐릭터들이. 그래서 관객들도 '나도 저러는데, 내 안에 저거 있는데…' 이런 동질성을 느끼고 감정이입을 하는 거거든요. 저도 염소팔을 할 때 나중에는 너무 편했던 기억이 생생합니다. 오아시스 전용관에서 오픈런을 할 때 제가 이런 말도 했어요. 제가 앞으로 무대 위에서 다시 그런 말을 할 수 있을까 싶은데, "나는 저 무대 위가 더 편해요. 공연을 기다리는 분장실의 내 모습이나 시간보다 저기 나가 있는 게 내가 더 자유롭고, 편합니다." 하는 얘기를 했거든요. 내가 그 감정을 어떤 캐릭터에서 느낄 수 있을까, 다시 그런 말을 할 수 있을까, 저는 그 정도로 염소팔이 제 옷처럼 편했어요. 그 이유가 뭐였냐 생각해 보면, 그는 바보고 자기 욕망을 거침없이 드러내고, 들키면 빌고, 그 순진한 캐릭터가, '아 이렇게 살면 저녁에 잠은 잘 오겠다.' 이런 생각이 들 정도로 너무 사랑스러운, 저한테는 천진난만한 악동이었어요.

김정숙 　그래서 그렇게 귀여웠나 봐. 진짜로 강아지처럼 귀여웠어. (웃음)

선욱현 　일부러 악하게 드러냈다기보다는, 우리 안의 본성을 맘껏 드러낸 거죠.

김정숙 　기독교 식으로 이야기하면, 언제든지 기도하면 하나님 아버지께서 죄를 사해 주고, 지갑을 찾으면 아버지께서 지갑 찾을 기회를 주셨구나, 이러면서 전혀 뒤끝, 잔고민이 없는 거지. (웃음)

사회 　저는 선욱현 님을 극단 〈필통〉 대표로 먼저 알고, 오아시스2 초연 때 봤는데, 정말 너무 귀엽게 연기하시는 거예요. 그런데 그게 또 그렇게 어울릴 수가 없어요. 신기할 정도로. 염소팔이 본래 선욱현이고, 선욱현이 배우인 것만 같은…. 진도를 좀더 나가 볼까요? 관객이 오아시스를 편하게 볼 수 있는 대표적인 장면을 두 개 꼽을 수 있을 것 같아요. 먼저 염소팔이나 박아주 장면인데요. 사실 제 주변에 그런 언니들 있거든요. 정의로워요. 박아주가 그렇잖아요. 정의롭고 불의를 참지 못하고… 누구가 나에게 해코지하는 것도 못 참고, 오해도 못 참고, 굉장히 열심히 살고, 심지어 손해도 많이 보는데 생활이 나아지지 않아요. 세상은 늘 그런 캐릭터에게 험하게 대하고, 그러다 보니 그 삶은 더 험해지고, 그럼에도 불구하고 다음날 비슷한 상황을 마주하면 남을 대신해서 또 미친듯이 싸워요. 그리고 염소팔. 주변에 보면 집집마다 이런 삼촌 한 분은 꼭 계시잖아요. 두 번째는, 한편으로는 우리 엄마 같은 대영이네 엄마가 있는 반면, 우리 아빠 같기도 하지만 정말 이상형의 전형인 아빠가 있는 연극이 오아시스입니다. 그런데 사회생활을 하다가 힘들어지면 가족을 찾아가고 싶은 때가 있잖아요. 그런데 실제로 내 가족 속에 이런 사람이 있다면 못 찾아갈 것 같아요. 내 가족이니까. 그런데 연극 속에 있으니까 그리워지고 고마운 것 같아요.

선욱현   실제로 내 경우라면 안 좋을 수도 있어요.

김정숙   오아시스 아저씨니까 좋은 거지.

선욱현   진짜 오아시스2에서는 박아주 이야기를 많이 하는 것 같아요. 대본을 보고도 박아주 역할이 좋다 했는데, 공연 속에서도, 방금 말하신 것처럼 여성들이 조금 감정이입해서 바라보는….

사회   그렇죠. 열심히 살고, 안쓰럽기도 하고, 잘됐으면 좋겠는데 '넌 벗어날 수 없을 걸' 우린 알고 있고…. 그런 점이 공감을 불러일으킨다고 봐요. 오아시스에서 중요한 요소가 공감과 위로라고 할 수 있는데, 공감은 나 자신의 문제가 아니어도, 박아주가 나는 아니어도 내 주변의 누군가를 대변해 주는 것만으로도 공감이 되고 위로가 된다는 생각이 들어요. 박아주에 비해 보면 사실 저는 충실히 편들지 못하거든요. 그 사람이 틀리지 않다는 것을 알아요. 그런데도 불구하고 그녀의 캐릭터, 직업, 성격, 사람들의 시선 때문에 충분히 편들어 주지 못해요. 그런데 강태국이 보듬어 주잖아요. 그런 걸 보면서 관객들 마음이 편해지지 않나 생각합니다.

김정숙　나는 오아시스의 밤에, 그 물에서 노는 애가 보여. 박아주를 보면, 잘 놀고 가는 거야. 깨끗이 씻고 잘 놀고, 그다음에 맘껏, 그동안에 거기까지 걸어오면서 갖게 된 여러 가지 찌꺼기들을 잘 씻고 가는 거지. 그래서 들어올 때의 박아주와 나갈 때의 박아주는 달라. 옷도 달라졌지만 마음도 달라지고, '참 다행이다.' 하는 생각을 갖게 되는 것 같아. 인물에 대해서 이렇다 저렇다가 아니라, 앞에서 얘기한 대로 박아주가 집에 가는 발걸음은 틀림없이 다른 발걸음일 것 같아. 아저씨한테 실수도 하고, 아저씨랑 춤도 추고…. 사실 살짝 폭력스러운 것도 있지, 아저씨한테 함부로 하는 것은. 그런데 그걸 수용해 주는 아저씨를 통해서 잠시나마 거듭날 수 있는 그런 것들이 위로가 되지.

선욱현　'바보!' 그러잖아요, 마지막에. 초연 때 되게 궁금했어요. 왜 박아주는 강태국씨한테….

김정숙　그 대사를 연출이 없앴어.

선욱현　아, 정말요?

김정숙　난 그 대사가 참 좋은데.

조준형　바보?

선욱현　박아주가 기껏 춤추자며 놀고, 이렇게 저렇게 하다가 집에 갈 때 강태국한테 바보! 그러고 간다구요. 그런데 우리는 저 바보가 뭘까? 그랬거든요. 왜 없앴을까? 그 대사 괜찮은데…

사회　여운이 많은데….

김정숙 그 박아주가 아는 거지. 다 아는 거지. 아저씨한테 패악도 부리고 할 거 다 하는데, '아저씨가 이 모든 거를 다 받아줘서 고마워요'라는, 그 '바보'는 진짜 김수환 추기경한테 바보라고 하는 거랑….

선욱현 네, 그래요. 저도 고승이나, 뭇 사람들의 고해성사를 다 받아주는 신부님한테, 바보 당신이 있어 제가 이렇게 쉬고 가요라는 마음을 갖게 되는 그런 마음으로 그 대사를 읽었어요.

김정숙 '아저씨, 바보!' 하고, 뭐래도 상관없지만 그 '바보' 뒤에는 고맙습니다'가 따라오는 거지.

사회 강태국의 입장에서 생각할 때도, 사실 강태국은 오아시스1이나 2나 변화하기는 하지만 거의 그대로 가는 부분이 있는 것 같은데, 본인 스스로도 바보라는 생각을 하는 것 같지요? 저는 좀 고시원에게 '나도 거기 따라가 볼까?' 할 때 그런 느낌이 좀 들었어요.

조준형 제가 어렸을 때 학교 선생님이, 서양에는 돈을 내고 자기 이야기를 하러 가는 곳이 있다는 말씀을 하셨어요. 그리고 그 이야기를 들어주고 돈을 받는 사람이 있다고 해서, 그런 직업은 세상 없이 좋겠다 생각했는데, 지금 시대가 그렇게 되었어요. 신경정신과라든가 다른 상담을 받은 경험이 누구나 한두 번씩은 있거나, 받고 싶은 마음들이 있을 거라고 생각합니다. 상담 고수들은 별 말이 없대요. 지시를 하거나 가르치는 것이 없고, 눈빛으로 다 포용한다는 것을 보여주면 상담자가 자기 혼자서 거의 모든 걸 맺고 풀고 한다고 해요. 외국영화에서 많이 보잖아요, 혼자 떠들고 울고 울고 하다가 게임 끝. 그런데 그게 쉽지 않다는 거죠. 그런 상담가를 양성하는 건, 보통 임상 경험을 통해서 하는데, 충분한 실력을 갖추려면 상당한 훈

런이 필요한 거라고 하더군요. 결국 앞서 이야기와 똑같은 거예요. 자아가, 좋은 의미의 자아보다 내면의 욕망이 자꾸 올라올 때는 그게 남한테 교감이 안 되는, 참 죽어지지가 않거든요. 자기 욕망을 죽이는 방법은 자기 자신이 죽는 것밖에 없겠더라구요. 한편으로는 그 과정이 삶이 아닐까 생각하는데, 강태국의 모습도 그 욕망을 죽인 것이 낮의 강태국이라고 한다면, 사실 그 점이 강태국의 훌륭한 점이기는 하지만, 그로서는 대단한 억압과 갈등 속에 고통을 겪고 있잖아요. 그런데 또 밤의 강태국이 있어요. 그 혼자만의 강태국의 모습이 드러나고, 그 모습이 그림자가 되어 낮의 강태국의 입체적인, 살아 있는 모습을 보여주기 때문에 저는 더 편하게 볼 수 있지 않았나 생각해요. 저하고도 가깝고. 도둑질 생각만 합니까? 그 정도는 양호해요. (웃음) 여러 가지 상상을 하죠.

김정숙　고백하건대, 선욱현 씨가 여기서는 유일하게 어른이잖아? 혼자만 아버지잖아. 큰아이가 스무살?

선욱현　네.

김정숙　그러니까 이게 차이가 있어. 솔직하게 이야기하면 나도 강태국 씨처럼 통장을 뒤적이거든, 밤에. 요즘은 더더욱. 오아시스1 할 때도 그랬지만, 월급날이라는 게, 그 들어가는 돈이, 정확해. 밤에 계산을 해. 머리 회전이 슈퍼컴퓨터 저리 가라야. 정말, 내가 작품을 돈 계산하듯이 했으면 노벨상 받았다고 맨날 그러는데(웃음), 내가 이 얘기를 왜 하냐 하면, 강태국은 아버지이고 형이야. 누군가가 아프면 내 걸 팔아서 치료빌 마련해 줘야 하는 사람이지. 그런데 누구네 집이나 다 이런 구석이 있어서, 어떻게 진짜 돈 모일 새가 없는 게 대다수 서민들의 모습 그대로인 것 같아. 이때 실제 상황에서 아버지는 아버지라는 것 때문에 살아갈 이유와 용기를 얻는 게 아닌가 해. 그 아버지가 자존심을 버릴 때, 그 집안은 진짜 끝나는 것이고…. 그런데 끝까지 아버지를 유지하려는 노력 때문에 강태국이 살아 있는 게 아닌가 하는 생각이 들어.

사회   작가님 말씀대로, 염소팔은 온전히 자식이기만 한 나이가 아니잖아요. 그런데 직업이 확실한 것도 아니고, 그렇다고 부모도 부자가 아닌…. 당장 아마 보증금도 없어서 꾸어갔을 정도니까. 박아주도 약간 그런 것 같고, 고시원도 그런 사람이고…. 말 그대로 사막처럼 넓고 황량하여 살아 남기 힘든 이 도시에 던져진 인간 군상들이 오아시스 같은 이 세탁소를 찾아오는데, 강태국이 이 끈 떨어진 연 같은 사람들을 잡아 주는 사람이 아닌가 하는 생각이 드네요.

김정숙   배우가 중요한 게 그 지점이야. 이번 출연자들에게도 그 이야기를 많이 했는데, 상대 배우에 대해 혹은 내 처지에 대해 배우가 어느만큼 알고 있느냐에 따라서 연기가 좋아질 수 있다고. 강태국이 염소팔을 바라보는 시선은 염소팔을 알면 그다음 대사 하는 건 문제될 게 하나도 없거든. 극중에 염소팔이 노래를 부르면서 들어오지만, '사막을 향해서 내가 간다'고 얘기하는 그 염소팔의 마음만 이해가 되면 그다음은 뭐 더 이상 할 게 없어. 그리고 들어와서 염소팔이 우는 꼴을 바라보는 강태국의 시선. 자식은 아니지만, 마음이 찢어지고, 또 친구(고시원)라고 하나 있는 게, 지금 처지가 곤궁하기 이를 데 없지만, 친구란 게 잘된 친구도 있지만 진짜 못 핀 친구들, 인생을 못 산 친구들, 그리고 오십 넘어 더 할 일도 없어져 진짜로, 어떻게 할 수도 없는, 되돌릴 수도 없는 인생에 대해, 그런 친구를 이해하고, 바라보고, 함께 있어 줄 수 있는 강태국의 시선이 오아시스를 오아시스로 만드는 마음이야.

선욱현   아버지로서 말씀 드릴까요? (웃음) 저는 그런 생각도 한 적 있어요. 인류 역사는 아버지, 부모가 자식 먹여 살리려고 발버둥쳐 온 역사가 아닌가 하는…. 심지어 누가 대통령이 되고, 누가 전쟁을 일으키고, 누가 뭐 하고, 이런 모든 역사가 가족들 건사하기 위한 아주 사소한 욕망에서 비롯된 것 아닌가 하는 생각을 한 적이 있는데….

김정숙   맞아. 나는 엄마가 아니기 때문에, 나는 다 퍼 줘. 난 전쟁 안 해. 자긴 전쟁 할 걸?

선욱현   네, 합니다. (웃음) 아버지 어머니는 자식을 위해서 자기 것, 물질적인 거든 정신적인 거든, 자기 걸 굽힐 때가 많지요. 사실 늘 갈등은 하는데, 그래서 오아시스2에서 저도 많이 울었던 장면 중에 하나가 강태국이 아버지 수첩에서 메모를 찾아 '강태국 만년필, 강태국 자전거….' 하며 읽어가는 부분이에요. 아버지는 복권 당첨되면 결국은 아들에게 해 주고 싶은 것뿐이고, 당신을 위한 건 하나도 없잖아요. 거기에 이 오아시스2 강태국의 회한이 있을 것 같아요. 자기 역시 자식에게 못해 주고 있는 이 쓰라린 마음이 그대로 아버지의 마음이라고 생각하면, 자기가 아픈 것보다 자기 때문에 아파했을 아버지의 마음이 더 아픈, 아픈 것보다 더 아픈 그 회한이 아버지의 메모를 타고 밀려오니까…. 최근에 큰 반향을 일으키고 있는 영화 〈님아 그 강을 건너지 마오〉에 할머니가 먼저 죽은 여섯 기시의 내복을 태워 주는 장면이 있어요. 다 애기 때 죽은 그 아이들에게 겨울에 내복 한 벌을 못 입혔다고 91살 된 할머니가 내복 여섯 벌 시장에서 사다가 할아버지 돌아가시니까 그 옆에서 하늘나라 가면 이것 좀 가져다 주라고 하는 그 장면이 그렇게 눈물이 나요. 아, 이게 부모 마음이구나. 강태국도 결국 그런 마음들이 깊이 배어 있어요. 충분이 그 마음이 작품 안에 그려져 있어요.

사회 얘기 분위기를 좀 바꿔서요, 극중 인물과 배우의 호흡, 배우들 간의 호흡 이야기에서, 지금부터는 극단 이야기를 해 보았으면 해요. 모시는 사람들을 좀 아는 분들은 오아시스가 극단 모시는 사람들이라서 가능하다는 이야기를 많이 해요. 이제 대학로엔 동인제 극단이 거의 남지 않았잖아요. 이렇게 20년씩 꾸준히 작품을 하는 동인제 극단이 거의 없고, 있다고 해도 이렇게 극단 단원들만으로 극단 자체의 창작 연극을 하는 사례는 없는 것 같아요. 단원들 중 선배격인 이재원 님이나 여기 조준형, 선우현 님들이 계셔서 강태국이나 염소팔이 서로를 바라보는 게 가능하지 않나 싶어요. 모르긴 해도 김정숙 작가님, 극단 대표님이시기도 하죠, 작가님이 작품을 쓰실 때도 일정 부분 도움이 되지 않았을까 생각해요. 어찌 보면 이 오아시스가 모시는 사람들의 척추 같은 부분이기도 하고, 또 작가님이 또렷하게 말씀하시는 것은 아니지만 단원들을 꾸려 나가는 방식이라고 할까요? 그래서 또 꼭 필요한 시점에 오아시스2가 시작되는 것이 아닌가 생각이 들어요. 오아시스2를 하면서 오아시스1에 어린 배우들이 많이 투입이 되기 시작했잖아요? 바로 이게 극단을 유지시켜 주는 작품이 아닐까 하는 생각을 했거든요.

김정숙 오아시스1이?

사회   오아시스 전체가 다 그런 것 같아요. 오아시스1이 있어서 지금이 있고 2가 앞으로 꾸준히 유지되면서 모시는 사람들이라는 극단도 유지되지 않을까….

김정숙   어제는 남편이랑 같이 작품을 만들어서 하는 공연하는 후배 배우가 찾아왔어. 남편이 어린 배우들이랑 대단히 고생하면서 작품을 만들더라는 얘기를 하는데, 나는 문득 우리 옛날이 생각이 났어. 극단을 만들어서 공연을 계속해 보면 여러 고비를 지나게 돼. 30대에는 정열이 있었어, 열정. 나도 초보고, 신생 극단이기 때문에 극단의 성격을 알리려고 굉장히 오버해서 열정적으로 일을 하던 시기. 그다음 40대는 오아시스1하고 맞물려서 단원들이 늘어나면서 마치 단원들을 위해서 연극을 하는 것처럼 생각될 정도로, 내가 단원들을 낳지 않았지만 거의 단원들을 자식 삼아 키우는 시기. 그다음 50대에 들어서 하게 된 오아시스2는 개념이 또 달라. 지난 세월을 거쳐 50대를 맞으며 연극이라고 하는 본질로 다시 돌아오게 돼. 어제 후배에게, '네 신랑이 지금 자식이 없으니까 단원을 키우느라고 그런다.' 했더니 그 친구가 '그럼, 내가 자식을 못 낳아 줘서 그런가요?' 해서 한참 둘이 웃었어. 이 나이에 이제 다시 연극의 본질, 내가 볼 때 연극의 본질은 배우와 관객의 호흡이야, 오아시스2가 배우가 다섯 명인 게 그래서 그래. 나는 이제 단원보다도 더 본질적인, 배우 중심의 연극을 하려는 거지. 말하자면 이제 단원에 대한 집착이나 이런 것도 없어. 습관을 그렇게 살살 들여가기 시작해서 우리 단원들은 누구도 스스로를 극단에 매고 있지 않아, 그렇지? 안 매이지? (웃음) 나도 공고를 잘 해서, 대표가 요 시즌에 요 연극을 한다더라 그러면, 형편이 닿는 친구들은 모여서 하고, 아니면 자기 나름의 작품을 찾아가고, 그게 이제 자연스러운 건데, 마지막까지 중요한 건 배우야. 내가 강태국은 오디션 하지 않겠다 그랬어. 내가 어떻게 50대 배우를 오디션을 해. 나는 못해. 나는 강태국을 모셔온다고 했어. 앞으로 오픈런을 계속하게 되면 강태국은 모셔 오려고 해. 근데 그 밖의 배우들, 40대 이하 배우들은 오디션을 할 거야. 이 배우들은 자기의 장기를 자랑하는, 이제는 열정과 정열이 아니라 완숙의 시기에 접어든 40대 배우로서 관객들에게 다가서야 하기 때문에, 아직은 중간 과정으로서 오디션이 필요하고, 강태국은 마음을 가지고 연기해야 하는, 50대로서 자기 경지를 갖춘 배우여야 하고…. 다시 얘기하면 진짜 배우가 중심인 연극을 하겠다는 거야. 그런데 오아시스1도 해. 수요일마다 낮에 오픈할 건데, 지금 준비하고 있어. 오아시스1은 젊은 배우들이 훈련할 수 있게 일주일에 한번은 그 친구들이 나서게 하고, 오아시스2는 그래도 연극인으로서, 배우로서 책임을 질 수 있는 배우들이 나서는…. 그렇게 생각하고 있어. 이런 구조는 내가 극단을 살리려고도 해 봤고 단원들에게 정성도 기울여 봤지만 진짜 노력은, 연극에 집중하는 것이 가장 잘 단원들을 살리는 것이라는 걸로 마음이 정리되어서 자연스럽게 만들어진 시스템이야. 그런데 사람들이 오아시스2 대본이 쉽다고 하는데 나는 쉽지 않다고 생각해. 오아시스2의 대본은 굉장히 쉬운 대사들이 빙산처럼 위에 솟아나 있지만 그 밑 빙산의 본체를 보지 못하는 배우는 이거를 맛을 내서 끓여 낼 수가 없어, 인스턴트 된장국밖에는. 흉내는 다 낼 수 있는데, 무대에서

숨을 못 쉬어, 배우가. 숨겨진 빙산을 알아서, 지금 염소팔이, 박아주가 우리 사회에서 놓여 있는 환경과 그들의 마음, 그리고 고시원 중년을 넘어서는 이들의 마음, 그다음 미래를 바라보는 대영이…. 이런, 우리 사회 모든 문제 지점들을 다들 하나씩 대표하는 인물들인데, 그들이 놓여 있는 위기 상황을 모르는 배우가 어떻게 관객들에게 '위험해요!'라고 손을 흔들며 이야기할 수가 있겠어. 그러니까 모르면 못하는 거여서, 그래서 내가 배우를 정말 신중하게 뽑으려고 하는 거야. 이제 앞으로 더 그렇게 될 거야. 좋은 배우를 만날 수 있게 최선의 노력을 하겠다고 다짐, 또 다짐….

선욱현   그걸 역으로 이야기하면, 배우가 40이 되고 50이 될 때 자기를, 밭을 잘 가꿔 놓아야 하겠죠. 그게 하루아침에 되지 않는다는 걸 아는 사람은 정말 공부 많이 하고, 잘해야 되는 것 같아요.

김정숙   나는 정말 승의열(강태국) 씨, 이재원, 정종훈이 이렇게 셋이 무대에 서 있을 땐 눈물이 나. 다 아버지잖아. 그리고 다 20년 이상씩 한 우물을 파면서 자기 오아시스를 만든 사람들이라서 잘하고 못하고를 떠나서 그 사람들을 내가 위로해 주고 싶어. 작가로서 그런 마음이 있어. 그래서 더 오아시스가 잘 돼야 한다는 생각이 있는데, 어젯밤에 그 생각으로 괴로웠어. 극장에 이틀에 한 번, 사흘에 한 번 나가서 계속 오아시스를 다듬고 있는 것도 그 때문인데, 오아시스는 옛날 오아시스가 아니잖아? 이건 지금 물건이 돼야 해서 내가 계속 나가고는 있는데, 그러면서 어제는 또 자신감이 뚝 떨어지더라고, 내 마음 안에서. 그래서 어제는 안 나갔는데, '이렇게 내가 이렇게 계속 고민해야 할 만큼 오아시스가 덜 된 건가?' 하는 생각이 혼자서 들어가지고…. 적자. 나는 그런 것도 이제는 중요하지는 않아. 다만 '내가 얼마만큼 버틸 수 있을까?' 하는 부분은 있지. 나는 연기자들 개런티 못 주면서 양해해 달라고, 그런 말 하며 연극하려고 내가 저 극장을 한 게 아니기 때문에 난 절대 그럴 생각은 없어. 그거는 내가 약속하는데, 그런데 나도 무한정 그럴 수는 없으니까, '어느만큼 내가 버틸 수 있을까? 하는 건 늘 머릿속을 맴돌아. 그런데 좀 더 정확하게 말하자면, '관객이 사랑하지 않는 작품을 버틸 필요는 없다'고 생각하는 게 우선이라는 거지.

조준형　작품에 불만이 계신 거는 아니잖아요.

김정숙　그래. 그런데 내 얘기를 관객들이 원하지 않는데 '난 이 작품에 순정을 가지고 있어요.' 하는 식의 아마추어적인 건 원치 않아. 왜냐하면 돈과 관련이 된 것은 수익이 발생해서 굴러갈 수 있게 되어야 하니까. 그래서 하는 거지, 그렇지 않은데 그거를 고집한다는 거는 내가 정신이 이상하다고 해야지. 정종훈을 보면, 종훈이 염소팔이랑 고시원을 보면 시간이 갈수록 굉장히 달라. 이만큼 시간이 지난 다음에 바라보면 훨씬 좋아져 있다는 거를, 연기답게 느껴지는 부분들이, 인간에 대한 애정이 있어. 욱현이가 말한 그 '바탕'이 깨끗하기 때문에 그래서 훨씬 좋아.

선욱현　참 정종훈, 이재휜이 무대 위에 같이 서 있는 그림도 몇십 년 세월이잖아요? 제가 처음으로 봤던 게 〈기차를 타고 건넌 둥지 하나〉에서, 제가….

김정숙　이야, 그 작품도 진짜, 준형이도 했잖아 그거….

조준형　뭘 했었지 내가?

김정숙   〈기차를 타고 건넌 둥지 하나〉

선욱현   신춘문예 작품. 취객으로 들어왔던 게 기억이 나는데…. 20년이 지
         난 얘긴데, 그 둘이 여전히 함께 서 있다는 게….

김성숙   여전히 둘이 똑같애.

선욱현   역사지요, 역사.

선욱현   제가 〈해마〉 때 그걸 느꼈어요. 네 커플을 보면서 종훈이도 그렇
         고 재환이도 그렇지만, (윤)영걸이하고 (이)상호가 떡 하니 무대 위
         에 있는데, 그 친구들은 25~6년을 본 친구들이잖아요. 그런데, 무
         대 위에 서 있는 걸 보니까, 이건 공연이 아니라 예배 같았어요, 마
         음을 울리는…. 앞에서 얘기하신 그대로, '아, 연극은 정말 연출과
         작가는 준비해 주고 가이드해 주는 거지, 오로지 관객과 저 사람,
         배우하고 얘기하는 거구나, 저 배우와…. 좋은 배우, 무대 위에서
         잘 나이 든 배우, 그런 한 사람의 배우는 얼마나 소중한가.' 하는 생
         각이 절로 들었지요.

김정숙   그래서 최대한 대우를 하려고 노력을 하는데, 어떻게든 일단 작품
         을 완성시켜야지, 오아시스를 완성시켜야지.

선욱현   이게 답은 아닌데 오아시스1과 오아시스2를 우리도 했고, 또 밖에
         서 다른 사람도 했는데, 밖에서 바라보면 어떤 생각이 드느냐면,
         오아시스1은 그래도 관객들이 즐길 만한, 내지는 비유하자면 버터
         가 많이 있는 작품이라면, 오아시스2는 말하자면 버터는 걷어지고
         굉장히….

김정숙   담백하지.

선욱현   담백하고, 종교적이잖아요. 오아시스1에서는 종교가 숨겨져 있었

다면, 오아시스2는 굉장히 종교적이 되는, 종교라는 게 기독교 불교 같은 교난 차원을 넘어서 '닦는다, 믿는다' 하는 본원적인 차원이 강하게 다가오기 때문에 관객 입장에서는 편안할 수도 있지만, 또 한편으로, 사람들한테 교회 가자고 했을 때 '왜 교회를 나가?' 하듯이 반발할 수도 있다는…. 이거 사실은 국회의원들, 정치인들이 봐야 돼요. 그리고 경제인들이 와서 이 작품을 보면서 과연 그들이 일반인들이 느끼는 것처럼 나도 저 세탁기 앞에 서 있고 싶다고 느끼는지….

김정숙   그래서 별이 빛나는 밤을 잊은 그대에게야.

선욱현   네-.

사회   라디오 모티프, 그 부분을 물어 보는 기자가 있었어요.

김정숙   두 개 합성어. '별이 빛나는 밤에' 하고 '밤을 잊은 그대에게' 두 프로그램이 있었는데, 그걸 내가 붙여 버렸어.

사회   사실, 라디오가 없어진 게 아닌데 잘 듣지 않잖아요. 분명히 좋아하던 사람들이 있고, 싫어진 게 아닌데, 나이가 들고 바빠지고, 다른 미디어에 치이고 해서 못 듣게 되어서 이제는 마치 나에게 없는 존재처럼 되어 버렸지만, 그래도 라디오를 통해, 지지직 하는 소리만 들어도 공감할 수 있는 부분이 있어요. 또 하나는 강태국은 그럼에도 불구하고 아직 라디오를 곁에 두고, 심지어 고물 라디오를 곁에 두고, 또 세탁 일의 특성상 강태국이 선택할 수 있는 건 라디오 하나밖에 없었던 것 같아요. 이제는 너무 많이 소비되어 버린 말이지만, 복고라는 단어가 의상도, 세탁소라는 공간도 브라운톤으로 그런 느낌을 주는데, 라디오가 그걸 완성시켜 주는 것 같아요. 그렇

	게 보면 작가님께서 오아시스1보다는 오아시스2에서 향수라는 이미지를 많이 드러내려고 하신 게 아닌가 하는 느낌이 있어요.
김정숙	드러내려고 했다기보다는 이미지를 차용했지. 왜냐하면 그런 칼라가 들어와서 사람들로 하여금 심리적인 동질감을 유발시켜서 또 다음 문으로 들어갈 수 있게 포장하는…. 계속 포장지를 벗기고, 벗기고, 벗기면서 들어가는 부분이니까.
사회	저는 극장에 온 어린이 관객들을 보면서, '이 친구들이 작품을 내가 생각하는 것처럼 볼까?' 하는 걱정이 좀 있었어요. 그 친구들에게 '너, 오아시스가 뭔지 아니?' 물어보기도 하고. 그러면서 저에게도 물어보는데, '그리움'과 '공감'이 아닌가 하는 생각이 들었어요.
선욱현	그래서, 바로 오아시스2는 중간 세대보다는 유년이나 노년, 50대 이상이 공감하기 쉬울 것 같아요. 사실 50대 이상은 눈물 없이는 볼 수 없는 연극이잖아요. 그리고 아이들은 그만큼 이걸 순수하게 받아들이고, '닦으면 되지.' 그냥 그 감정 그대로 보는 거고….
김정숙	내 마음에 이런 게 있어. 최대한 원년 멤버들이, 오아시스1의 배우들이 다시 해 보면 어떨까? 그러면 훨씬 이슈도 되고. "33만을 모신 배우가 오아시스2에서 다시 모십니다!"가 되면 관객들이 준형이를 보고 싶어서 오시는 분들도 많을 거라는….
사회	내가 본 강태국에 대한 믿음이 있는 관객들이 많은 것 같아요. 그 아저씨 보러 갈 수 있겠다….
김정숙	그리고 그때 봤던 어린 관객들이, 그때 중학생이었다면 지금 대학생일 텐데….
선욱현	그거 참 좋은데요. 못할 것도 없지요. 그래서 말인데요, 강태국 형

님, 조준형 선배에게 여쭤보고 싶은 게, 대부분의 사람들, 관객들은 객석에서 배우를 보잖아요? 그런데, 조준형 선배님은 10년 동안 무대에서 몇십만 명의 관객들을 보아 오셨어요. 정말 초인적인 기록을 가지고 계신데, 무대 위에서 관객들을 바라보는 느낌은 어떤 것인지? 몇십만의 관객들과 교감한, 거기서 나는 냄새, 이야기….

조준형   뭐 자기도 잘 알 텐데….

사회   공연이 끝나고, 관객들의 표정을 보면 알게 되죠, 이 공연이 재미있었는지 없었는지. 재미있으면 공연장 앞에, 극장 앞에 뭉게뭉게 모여 있어요. 재미없으면 순식간에 사라져 버려요. 그런데 오아시스는 관객들이 머물러 계시거든요, 극장 앞을 떠나지 않고. 그런 관객들을 배우로서 오랜 시간 지켜보는 느낌이 다를 것 같아요.

조준형   제가 누드모델은 안 해 봤는데, 작가나 연출자도 그럴 거 같아요. 초반에 선보일 때 거의 다 옷을 벗은 것 같은 상태로 관객을 만난다고 생각해요. 저도 그런 마음, 겉치레를 다 벗었을 때, 알몸으로 관객을 만났을 때, 그런 게 있잖아요. 어떤 날은 손님이 많이 와서 인상 깊은 관객의 얼굴이 남고. 축하한다 축하한다. 그런 축제였다. 공연 끝나고 나서는 손님하고 인사하고…. 몇 가지가 있습니다. 하나는 내가 얼마나 갈 수 있나 하는 저의의 한계를 보고 싶었어요. 그것이 제가 지금 살아 있게 하는, 또 앞으로 새롭게 가게하는 큰 힘이 되지 않나 하는 거죠. 그런데 사실은 고집과 이루 말할 수 없는 독선적인 이런 것들이 많이 있었죠. 그 여러 가지가 막 섞여서 발전해 나가는, 저한테도 중년을 넘어서 후반기로 가는 아주 애매모호한 위기에서 이 작품을 만났거든요. 지금도 위기고, 매일매일

위기이지만 그 위기가 곧 기회가 될 수 있다는 한 번의 경험이 있기 때문에 스릴이 있지요. 관객들이 좋아하고 맞아 떨어졌을 때, 그런 재미로 그 많은 관객을 만나고 보내 드린 것 같아요. 요즘 영화는 천만 관객이 일도 아니지만, 그런 것과는 비교할 수 없는, 좋은 의미의 자부심이라고 할까. 심지어는 저쪽에 정치하시는 분들 많잖아요. 그리고 대학로 밖에 계신 분들도 참 많이 아시더라구요. 다 알고 다 보고 다 듣고…. 참 많은 분들이 봤죠. 계층도 다양하고, 정치인들, 종교인들, 수녀님, 스님, 목사님, 어린 아이들까지.

김정숙   이건 비하인드 스토리일 수도 있는데, 사실 오아시스1은 정말 조준형을 사랑해서 시작한 작품이야. 지금도 기억이 생생한데, 그때 명륜동에 살던 준형이가 과천까지 오곤 했어. 지하철 타고. 살도 빠지고 옷도 후줄근하니 와서 '누나!' 하고 불러. 아니면 정독도서관 가고. 그때로 말하자면 내가 강태국이고 조준형이 염소팔인 거야. 보기만 하면 마음이 애려. 나는 대표고, 작가고, 일을 계속하는데, 조준형은 배운데, 무대가 없으면 터덜터덜 와가지고 '누나!' 한단 말이야. 그런 어느날 준형이가 과천엘 와서, '누나 우리 교수님이 어디어디를 연습실로 쓰라고 그래.' 그래서 내가 손을 붙잡고 진짜 학부형처럼 붙잡고 한달음에 여기(오아시스 극장)를 왔어. 그 자리에 서서 둘러보면서 내가 돈 계산을 마음속으로 하면서, "여기를 연습장으로 하지 않고 극장으로 하겠어요." 하니까 그 교수님이 놀라시더라고. "아니 여기가 극장이 돼요?" 나는 "극장으로 할래요. 준형이한텐 연습장이 필요한 게 아니라 극장이 필요해요." 했지. 그래서 오아시스 초창기에 여기에 극장을 마련하고 작품을 올린 거는 내가 준형이한테 무대를 해 주려는 일념에서였어. 준형이, 이 천상 배우가 더 이상은 거리를 떠돌아다니지 않게 해야겠다. 오아시스라는 레퍼토리가 있고 배우가 있는데, 내가 극장이 없어서 배우를 울고 다니게 할 수 없다는…. 진짜 내 동생처럼 여기는 그런 마음으로 나는 한 거다, 너.

선욱현　그게 그 어마어마한 역사를 만들어 낸 거예요. (웃음)

조준형　(웃음).

선욱현　상상도 못한….

김정숙　그러고 나서, 네가 주르르르륵 내려와서 거기에서 놀고 그러는 게 비로소 마치 애한테 놀이터를 만들어 준 듯이….

조준형　맞아요.

김정숙　'다행이다, 이제 준형이가 더 이상은 거리에서 안 있겠구나.' 했어. 나는 준형이 생활을 뻔히 아니까. '누나, 나 도서실에 갔어.' 맨날 그 영어책 들고 다니면서…. 그게 내 마음에는 진짜 얼마나 애리고 아팠었는데…. 그러고 나서 비로소 나는 안심이 되고 그랬던 마음과 그런 것들이 다 서로서로 뭉쳐가지고 선한 연극에 대한 기대와 어울려서 오아시스로 되어서, 참 고맙지.

사회　오늘 참석하신 배우 두 분은 어쩌면 오아시스를 대표하는 분들이고, 특히 조준형 님은 초 장기공연을 하셨잖아요. 이게 정말 우선 작품이 굉장히 좋았기 때문에 가능하고, 또 모시는 사람들이라는 극단이어서 가능하고, 김정숙 작가님이어서 가능했던 것 같아요. 가령 이게 뮤지컬이었으면 한 사람이 한 캐릭터를 10년씩은 못했겠죠. 그리고 TV 드라마도 같은 내용을 가지고 이렇게 오랜 시간을 한다는 것은 불가능할 테고요. 영화도 짧은 시간 동안 천만을 모으는 것은 가능하지만 10년 동안 꾸준히 사랑을 받는 것은 불가능하지요. 그런데 오아시스는 한 사람의 작가가 책임을 지고 가고, 극단이 있어서 배우든 스태프든 구멍이 생기지 않도록 꾸준히 뒷받침을 해 줄 수 있어서, 배우가 10년 동안 서서히 변화를 겪으면서도 지속할 수 있었던 것 같아요. 요즘 뮤지컬은 굉장히 디지털화 되어 있잖아요. 그런데, 디지털 기계들이 정확하기는 하지만 최신품이 금방 낡은 것이 되고, 무엇보다 하나만 고장이 나도 전체가 흐트러지기 때문에 수리해서 쓸 수가 없다고 해요. 그렇게 보면 이 오아시스라는 작품의 가치는 여러 부문에서 생성되고 확산되고 전달되는 게 아닌가 생각돼요.

선욱현 저도 극단 〈필통〉의 대표로서, 작가님 이전에 '김정숙 대표님' 생각을 많이 해요. 부모가 되어 봐야 부모님 마음을 안다고, 대표 노릇을 제대로 해 보려니, 그제서야 김 대표님이 25년간 자리를 지켜 주셔서 모시는 사람들이, 배우들이 행복했다는 걸 절감하게 돼요. 저 또한 딴 거 없더라구요. 배우들에게 놀 마당을, 어찌 되었든 더 만들어 주지 못한 아쉬움이 많이 남고…. 작년 크리스마스 때 권호성 연출님과 공연을 보러갔는데, 옛날 이화 연습실 얘기를 하더라구요. 기억나시죠? 제 기억에도 뚜렷한데, 저희가 뚝딱뚝딱 사무실이며 연습실, 스튜디오 다 만들었죠. 그러다가 거기를 비워 주고 나올 때 대표님이 '나 다시는 연습실 하지 않을 거야.' 하며 너무도 아쉬워하셨다고…. 하이고, 그거뿐입니까? 저도 어려울 때마다 그 많은 평지풍파를 겪어 오신 대표님 생각하면서 '그래, 그냥 어쩔 수 없으니 감당해야지. 다 내 앞에 마련된 시간인가 보다.' 하며 한 걸음 더 내딛는 것도 모두가….

김정숙 　모시는 사람들 극장 없앨 때 생각난다. 미련이 없더라고. 다 나눠 주고 싶었어. 정말 모두 다. 그때 '살 수 있는 것들은 안 챙기겠다.' 그랬어. 살 수 없는 것이 별로 없지. 결국 우리 간판, 제품으로 되어 있지 않은 것만 남기니까 몇 개 안 되더라고, 그것만 내 차에 실어서 집으로 왔지. 그게 대표의 숙명인 것 같아. 결국은 작품을 잘 만드는 게 최고야. 정말, 좋은 작품을 후배한테 남겨 주는 게 제일 잘하는 것 같아. 욱현아, 니가 잘되고 심간이 편해서, 네가 좋은 작품 제공하는 게 후배들한테 최고의 선물이야. 후배들, 배우들이 그 무대에서 놀 수 있게 하는 게…. 네가 무대를 만들어야 되고, 극장을, 연습장을 만들어 줘야지. 나 오아시스 극장을 만들 때 혼자서 되게 많이 울었는데, 그러면서도 '내가 극장 만들어야 돼. 여기는 이렇게 할 거야…' 이렇게 비전을 제시하잖아. 그것도 내 비전이야 결국. 내 욕심이고 내 재미야. 어떻게 대표하고 단원이 같은 꿈을 가질 수 있겠어. 나는 어느 순간부터 그렇게 됐어. 고난을 강요하지 않고 그렇다고 해서 기쁨도 강요하지 않고. 내가 32년간 바라본 연극에 최선을 다할 뿐이라는, 거기에 함께 하면 좋은 거고, 함께하는 그들이 모시는 사람들이지 함께하지 않는 그들까지 쫓아다니면서 단속하기에는 시간이 너무 없더라고. 지금도 소망은 딱 하나야. 어떻게든 오아시스2가 좋은 작품이 되어야 한다는 것, 그게 살아야 배우들이 계속 놀 수 있는 터가 만들어지니까.

선욱현 　대표님이 늘 이야기하지만 오아시스2를 잘 만든 다음에 오아시스

3까지만 갔으면….(웃음)

김정숙   네가 꼭 그렇게 되도록, 3부를 네가 써 줘. 욱현아, 3부를 네가 써 주면 안 되겠니?

선욱현   절대로, 절대 안 됩니다.

김정숙   언제가 되어도 좋아, 완성이 되는 날 할게.

선욱현   그 얘기 들으셨어요? 권호성 연출님이 하신 얘긴데, 오아시스3을 한다면 세탁소 문 닫는 날, 드디어 강태국이 이제 어쩔 수 없이 세탁소를 닫아야 되는 그날 하루의 이야기겠죠.

김정숙   그거를 네가 써 주면 안 되겠니?

선욱현   저는 그릇이 안 됩니다.

사회   그 얘기는 좀 더 시간을 갖고 하도록 하시죠.(웃음) 아무튼 이야기는 나왔으니까. 그럼 오늘 대담을 마무리하면서 작가님께서 다시 한 번 오아시스1을 두고 다시 오아시스2를 쓰시게 된 시작의 이야기를 들려 주시면 좋겠습니다.

김정숙   강태국의 착한 이미지, 강태국의 착한 힘의 근원을 알아보자. 그건 말하자면 강태국이 별이 빛나는 밤을 기억하고 있다는 거지. 별을 바라볼 수 있는, 인간의 가슴속에 선한 힘을 확인하는 오아시스의 밤. 그거밖엔 없는 것 같은데? 나는 그것 때문에 썼어.

04

오아시스 세탁소 습격사건

리뷰

REVIEW

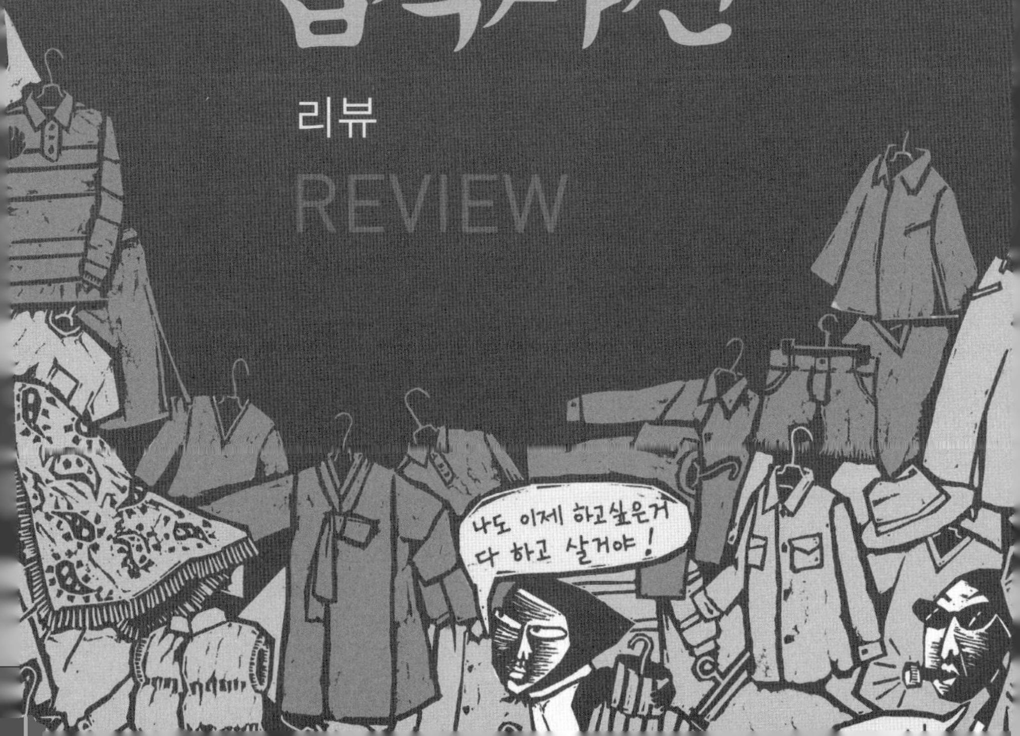

오아시스 세탁소 극장

- 월간 『춤』 〈연극살롱〉, 2005년 9월호

──────────────────────── 고승길 _ 평론가, 중앙대학교 명예교수

혜화동 로터리 부근에 조그만 극장이 하나 새롭게 문을 연다. '오아시스 세탁소 극장'이라는 극장이다. 극장 이름이 뭐 그러냐고 할지 모른다. 극장 이름이 그렇다 보니 주변의 세탁소들이 당황했다고 한다. 불경기에다 서너 개 세탁소도 많은 편인데 또하나가 생긴다고 하니 충분히 그랬을 법하다.

하지만 '오아세스 세탁소 극장'은 분명히 극장이지 빨래를 해 주는 세탁소는 아니다. 그렇다고 이 극장에서 세탁을 하지 않는 것은 아니다. 다만 일반 세탁소가 빨래만을 해주는 것과 달리 여기서는 빨래도 해 주고 사람도 세탁해주는 것이 사뭇 다르다. 이 극장에서 하는 일은 연극을 통해 세파에 때 묻은 사람들의 마음을 새하얗게 그리고 행복하게 해주는 것이기 때문이다.

극단 모시는 사람들은 요즘 극장을 꾸미는 일로 분주하다. 하지만 이 극장은 극장이기 전에 세탁소로 꾸며져야 한다. 그래서 특별히 기존의 극장처럼 조명에 신경 쓰지 않는다. 세탁소에서 쓰는 60와트 전구 몇 개이면 충분하다. 그 대신 이미 세탁한 옷이나 세탁을 기다리는 옷을 충분히 준비해야 한다. 지금 공연을 위해 5백여벌의 옷을 준비해 놓았다 그리고 여러 사람들을 한꺼번에 세탁할 대형 세탁기가 필요하다.

극단 모시는사람들은 처음부터 사람들을 깨끗하게 세탁하는 일에 골몰한 것은 아니었다. 89년 창단 이후 얼마 동안 잘못된 역사에 대한 분노의식을 담은 연극을 연속적으로 발표했다. 청소년 역사 뮤지컬 〈우리로 서는 소리〉, 통일뮤지컬 〈꿈꾸는 기차〉, 동학농민들을 소재로 한 〈들풀〉, 베트남 전쟁의 비극을 다룬 〈블루사이공〉이 바로 그것이다. 뮤지컬 〈블루사이공〉은 백상예술상 대상, 작품상, 희곡상을 휩쓰는 성과를 거두기도 했다. 그러나 김정숙 대표가 한동안의 투병생활에서 회복한 후에 발표한 작품은 이전의 전투적 색깔을 벗어나 있었다. 어느 잡지사 기자와의 인터뷰에서 그녀는 "모두가 어려운 시대를 살아왔지만 그 안에서도 오늘을 잉태했던 희망의 씨앗을 발견할 수 있다고 봐요. 절망에 빠져서 인생을 슬퍼하기보다는 희망이라는 보물을 안겨 주고 싶어요"라고 토로한 적이 있다.

이런 변화 과정을 통해 나온 작품이 이 새 극장에서 공연하는 〈오아시스 세탁소 습격사건〉이고, 그 후에 발표한 어린이극 〈뒷동산에 할미꽃〉, 〈몽실 언니〉 등이다. 특히 〈오아시스 세탁소 습격사건〉은 사람들의 때묻은 마음을 세탁하고 행복하게 해주자는 소망에서 단단히 마음먹고 만든 작품이다. 이 작품에는 갖가지 사람들의 때묻은 마음이 그들이 맡겨 온 세탁물 속에 그대로 투영되어 있다. 그리고 연극의 마지막에는 실제로 사람들이 비누거품을 뒤집어쓰며 세탁기 속에서 깨끗이 세탁되어 빨래줄에 걸린다.

대학로에는 자그마한 극장이 많이 있다. 건물이 하나 서면 그 지하에는 반드시 극장이 들어온다. 이따금 그런 극장에서 포르노 연극이나 싸구려 희극을 한다고 말썽이다. 하지만 모시는 사람들처럼 가난하지만 소중한 것을 잃지 않는 극단이 만든 소극장이라면 얼마든지 다른 것을 보여줄 수 있다. 그것은 연극과 사회가 혼탁해지는 시대에 희망과 행복의 밑천이 된다.

대학로 소극장 공연의 기적

- 월간 『춤』〈연극살롱〉, 2010년 10월호

고승길 _ 평론가, 중앙대학교 명예교수

세상에는 요란하게 시작해서 조용히 끝나는 일이 있다. 그런가 하면 조용히 시작해서 요란하게 끝나는 일도 있다. 극단 '모시는 사람들'의 〈오아시스 세탁소 습격사건〉은 분명히 후자의 경우이다. 2003년에 초연을 한 후에 '올해의 베스트 연극' '동아연극상' '연극협회 우수연극상' 등을 수상했을 때만 해도 사람들은 한 편의 우수한 창작극이 세상에 나온 것이러니 정도로만 생각했다. 번역극과 라이센스 뮤지컬이 판을 휘젓는 한국연극에 이 공연이 조용하게 시작해서 5년에 걸쳐 전국을 헤집고 다니면서 20만 관객을 몰고 오리라고는 꿈에도 생각하지 못했다.

〈오아시스 세탁소 습격사건〉은 참으로 조용하고 초라하게 시작했다. 원래 조그만 지하 당구장을 개조한 100석도 채 안 되는 조그만 극장에서 막을 올렸는데, 부족한 조건을 모두 갖고 있었다. 우선 대학로의 가장 변두리라는 입지조건은 문제라면 문제가 될 수 있었다. 그리고 극장이 들어 있는 건물은 2, 3년 후에는 재건축을 위해 헐어낼 예정이었다.

극장 내부의 조건도 부족하기만 했다. 천정이 낮은 것도 문제였지만 무대 한가운데를 약간 비껴난 곳에 큼직한 기둥이 서 있었다. 건물이 노후해서인

오아시스 세탁소 습격사건 | **139**

지 여름에는 집수장의 펌프가 고장나서 외부의 물이 안으로 밀려 들어오는 경우도 있었다.

2005년 여름의 장마 기간에 내부공사가 시작되었다. 외부의 도움을 받기는 했지만 대부분 단원들의 손으로 그리드 공사와 내벽 장식이 마무리되었다. 그리드 공사라고 하니까 큼직한 조명등을 설치하는 것으로 여길지 모르지만 60와트 전구 몇 개를 매다는 것으로 조명을 대신했다. 단원들은 극장을 만들기보다는 70년 전통의 세탁소를 만드는 일이 시급했기 때문이다. 500여벌의 세탁 옷을 구하기 위해 동대문 시장을 헤집고 다니고, 10명의 등장인물을 집어넣고 세탁할 수 있는 대형세탁기를 제작하는 데 거액을 투자했다.

'오아시스 세탁소 극장'이라는 이름의 전용극장에서 공연을 시작한 후에 다행히 관객의 호응이 그치지 않았다. 몇 번의 침체기가 없었던 것은 아니었지만 호응의 대세는 그대로 이어졌다. 30개월 만에 11만 관객을 동원하고, 개막 5주년을 맞는 금년 9월 16일에는 20만명에 육박하는 관객을 동원하고 있다. 대학로에서만 1,907회 공연에 17만명을 동원하고 지방공연도 병행했다. 또 한번의 호응을 기대하고 서울 강남에서도 공연을 감행했지만 강남은 초라한 연극을 반기지 않는다는 세간의 속설을 확인하는 것으로 만족해야 했다. 하지만 230여 개의 중, 고등학교 학생들이 수업의 일환으로 이 작품을 관람하고 수많은 직장인들은 '문화회식'이라는 이름으로 오아시스 전용극장에서 모임을 가졌다. 무엇보다 경사스러운 일은 이 공연의 대본이 금성출판사 발행의 중학교 교과서에 수록된 것인데, 현재 공연되는 작품으로는 유일한 것이라고 한다.

개막에서 현재까지 2,000회에 가까운 공연에서 세탁소 주인 강태국 역을 맡아온 배우 조준형은 이 공연이 성공한 비결에 대해 "아직도 가난하고 초라한 것에 정을 느끼며 살고자 하는 사람이 많이 있는 것 같아요"라는 말로 답변을 대신하고 있다. 갈수록 갈등과 차별이 심각해지는 시대에, 가난하고 추라한 것에 정이 느끼는 사람이 많이 있다면 〈오아시스 세탁소 습격사건〉이 설 자리는 더욱 넓어질 것이다. 그래서 5년 후, 10년 후에 이 공연을 보는 일도 결코 불가능한 일은 아니리라.

연극 '오아시스 세탁소 습격사건2'
20년 된 아버지의 복권이 그립습니다
- 오아시스 작가를 감동시킨 리뷰

최상진 기자

겨우내 앙상했던 회사 앞 나뭇가지에 꽃이 피기 시작합니다.

아버지.

겨우내 입고 다니던 코트도, 여름까지 입을 재킷도 깨끗하게 세탁할 때가 온 것 같습니다.

어젯밤 오아시스라는 요상한 이름의 지하 세탁소를 찾았습니다.

맛집도 아닌 것이 50년이나 됐다는데 주인양반 강태국 씨가 참 착한 것 같더군요.

친구에게 국제전화를 시켜 줘 한 달 전화비가 100만원이 나오지 않나, 25년 된 양복 수선 의뢰를 받고서도 얼굴 한번 찡그리는 법 없고, 손님 택시비를 대신 내거나, 심지어 도도한 손님의 재킷을 벗겨 드리기까지 합니다.

그런대로 가게가 유지되는 이유가 있더라고요.

그럼에도 그의 얼굴 한편이 어두워 보이는 건 현실적인 어려움 때문이었습니다.

아내는 빌딩 청소를 하고, 아빠 닮아 착한 딸은 대학을 포기하고 76 대 1

142 | 오아시스 세탁소 습격사건

의 경쟁률을 자랑하는 공무원시험을 보겠다면서도 다 같이 웃는 모습이 제게 왜 이리도 씁쓸해 보였을까요.

나부터 챙겨야 산다며 친구들을 외면하다 결국 대기업에 취직해 잘 살고 있는 몇몇 친구가 떠올라 한참이나 허탈했습니다.

형의 입원비가 모자라다는 소식을 듣고는 딸의 적금을 깨고, 부인은 아끼던 금덩어리까지 내놓겠다는 이들은 과연 이 세상 사람이 맞을는지요. 딸내미 학원 보낼 돈도, 대학 보낼 돈도, 장인어른 비행기 태워 드릴 돈까지 '사람부터 살아야지'라며 선뜻 내놓으려는 이 세탁소 주인은 분명 제게 이해되지 않는 사람이었습니다.

그들의 이야기가 이렇게 훈훈하게 끝났다면 얼마나 좋았을까요. 돈 돈 돈, 곡소리나는 그놈의 돈은 결국 사고를 치고 말더군요. 손님이 잃어버렸다는 지갑, 돈이 많이 들어 있다는 그 지갑을 찾겠다며 세탁소를 전부 뒤져 엉망으로 만들어 버리는 울분에 찬 그의 마음이 참 많이 이해가 됐습니다. 300원짜리 자판기 커피 뽑으며 300원 넣고는 거스름돈 출구에 슥 한번 손을 넣고 실망하는 기분이랄까요. 하지만 옷가지들 사이에서 지갑 하나가 발견됐습니다.

그 지갑을 보며 웃음인지 울음인지 모를 표정을 짓는 그의 모습을 보며 차라리 입 싹 닫고 모르는 척 했으면 하는 바람은 저만 느끼는게 아니겠지요. 안 된다는 가족들을 하나씩 떼어 놓을 찰나 울리는 전화벨 소리. 이런, 지갑을 찾았다네요.

그럼 그가 손에 들고 있는 지갑에는 무엇이 들어 있는 걸까요. 공교롭게도 그 지갑에는 주택복권 한 장이 들어 있었습니다.

네, 이 미지가 80년대에 몇 년 동안이나 매주 고이고이 수집했던 그 주택

복권이요.

제가 어린시절 '이거 살 돈이면 차를 샀겠다'고 하던 그 복권 한 장이 낡게 바랜 채 들어 있더군요.

아버지는 차를 살 만큼 복권을 샀던 나이에 그 돈만큼을 담뱃값으로 써 버린 아들이 20년 전 모습으로 돌아가는 기분이요? 두말할 것 없이 코가 시큰거렸습니다.

늘 묻고 싶었습니다. 아버지가 그렇게 복권을 모았던 이유를요. 보너스를 다 쏟아 붓겠다며 덜컥 사 버린 아파트? 아니면 국립대만 목표하게 만들었던 학비? 기어코 사립대에 들어간 동생 등록금? 반지하 자취방에서 벗어날 전셋값? 처음에는 단순한 취미라고 생각했던 아버지가 복권을 모은 이유가 갑자기 궁금해져 머리가 찡해지더군요.

우습게도 그 복권의 주인인 강태국의 아버지는 뒷면에 "태국이 수학여행비, 태국이 자전거, 태국이 손목시계"라고 적어 놓았습니다.

이를 읽는 강태국을 보며 아버지께서 수술 뒤에 '저녀석 자전거는 꼭 사주라'며 그걸 타고 다니는 제 모습을 지팡이를 잡고 선 채 흐뭇하게 바라보시던 그 얼굴이 불현듯 떠올라 눈물이 울컥 쏟아졌습니다. 그게 진짜 아버지의 마음인 건가요….

아버지의 복권을 본 뒤 대형 세탁기 안으로 몸을 들이미는 강태국을 향해 "괜찮아. 다 괜찮아"라며 다가가 안아주던 그의 아버지와 가족들을 보며 저도 참 따뜻해졌습니다.

집단상담에서, 신병교육대 교관 시절 훈련병들에게 수도 없이 말했지만 공감하지 못했던 그 단어를 듣고 보니 오랜만에 제가 그래도 괜찮게 살고 있다는 생각이 들더군요.

세탁기에 넣고 돌리면 깨끗해지는 옷처럼 우리네 인생도 세탁할 수 있다면 얼마나 좋을까요. 그런 면에서 사람 세탁은 사람만이 해 줄 수 있는 것 같습니다.

내 친구와 내 가족, 내 사람들 사이에서 웃고 행복해하며 걱정없이 시간을 보낼 수만 있다면 그것이 깨끗하고 착한 인생을 사는 것 아닐까요.

기자가 되고 싶었다던 강태국의 꿈을 이룬 저는 어쩌면 그보다 행복한 사람이 아닐지도 모릅니다. 항상 견뎌내야 하는 치열한 머리싸움, 비판에 대한 두려움, 긴장이 도사리고 있는 이 직업은 항상 저를 옥죄고 두렵게 만듭니다. 그가 그렇게 원하던 이 직업이 결국 인심 좋고 착한 세탁소 주인과 가장 거리가 멀다는 걸 그는 알까요.

아버지. 그래도 저는 오아시스 세탁소 주인 같은 사람이 되고 싶습니다. 바보 같아도, 어리숙해도, 때로는 손해보는 걸 뻔히 알면서도 공연이 좋아 무대를 만들고 오르는 사람들에게 아버지의 복권을 나눠 주고 싶습니다. 그러면 저도 언젠가는 이들의 세탁소 주인이 될 수 있겠죠.

오늘만큼은 꼭 관객이 떠난 세탁소 무대 위에서 소주 한 잔 따라드리고 싶습니다.

건강한 대중극의 매력과 위력
- 홍창수의 연극세상

──────────── 홍창수 _극작가, 고려대학교 인문대학 문예창작학과 교수

연극 〈오아시스 세탁소 습격사건〉(김정숙 작, 권호성 연출, 2005.9.16.~open run) 이 장기 공연에 돌입한 지 이미 5개월이 지났다. 이 작품은 2003년 서울공연제 공식 초청작으로 막이 오른 이래 그해 연극협회 올해의 우수연극으로 선정되었고 동아연극상 희곡상을 받으면서 연극계의 주목을 받기 시작했다. 수상을 통해 작품성이 공식적으로 인정받았을 뿐만 아니라 흥행에도 성공하여 지금까지도 많은 관객들이 이 작품을 관람하고 있다. 혜화동 로타리 부근에 아예 극장 이름마저 작품명을 따와 '오아시스 세탁소 전용극장'을 운영할 정도로 인기몰이를 지속하고 있다.

필자가 관람했던 주말 오후만 하더라도 매표소 입구에 줄을 서서 표를 구하였으며, 공연 시작 20분 전에 입장했는데도 객석 대부분이 관객들로 채워져 있었다. 입구 왼편에는 무대가, 오른편에는 객석이 배치되어 있었다. 왼편의 무대에는 그야말로 동네 세탁소를 그대로 옮겨 놓은 듯한 착각을 불러일으킬 정도로 사실적인 무대가 마련되었다. 허름한 문과 서투른 글씨체로 쓰인 '오아시스 세탁소' 입간판, 수선용 재봉틀과 세탁용 선반, 그리고 구석에는 대형 세탁기가 놓여 있었다. 세탁소의 리얼리티를 가장 실감나게 하는

것은 무엇보다도 천정에 매달려 있는 수백 벌의 옷들이다. 세탁소 분위기를 살리기 위해 흔히 상투적인 작화로 대충 그려서 관객의 동의를 구했을 법한데도 이 옷들은 2대에 걸치는 50년 세탁업의 오랜 역사와 그 역사만큼이나 많은 손님이 다녀갔다는 극의 허구를 사실로 믿게 할 만큼 무대 소품으로 중요한 역할을 하였다. 이층으로 올라가는 나무 계단이나 가게 뒤편으로 이어지는 통로에 이르기까지 사실적 무대 장치를 위한 세심한 배려는 관객으로 하여금 동네 세탁소의 리얼리티에 쉽게 동화될 수 있게 하였다.

이 작품이 장기 공연을 시작한 지 5개월이 지났으면서도 여전히 인기몰이하고 있는 비결은 무엇일까? 이 작품의 매력은 서민적 대중성에 있다. 누구나 한 번쯤 세탁물을 맡겨 보았을 동네 세탁소는 우리와 이웃하여 친밀한 서민적 공간이다. 이곳에 드나드는 손님들은 우리의 모습이기도 하며 세탁소 주인 강태국의 삶은 낯익은 이웃의 삶일 수밖에 없다. 서민적 공간 설정은 우선 일상의 리얼리티를 구현하고 관객의 친화력을 높이기에 적당하다. 신세대 여학생, 소위 '명품족' 등이 등장하여 옷을 대하는 속물적 개성이 반영되기도 한다. 이곳을 찾아온 어린이에게 귀여움을 표현한 주인의 행위가 성추행으로 비춰져, 살벌하게 변해 버린 세태가 그려지기도 한다. 동시에 이 극에서 이 공간은 역사성을 지니고 있다. 2대에 걸친 세탁업은 과거와 현재, 두 시간대의 역사를 내장하면서 주제의 구현에 결정적으로 기여한다. 그래서 이 작품은 현재와 과거가 만난다. 극의 시간은 일상을 중심으로 흘러가지만 항상 과거와 구조적으로 연결되어 있어서 과거와 해후하고 과거와의 비교를 통해 우리가 살고 있는 현실이 저울질되고 객관화된다. 주인 강태국이 꺼내 보는 아버지의 세탁 업무 일기는 아버지로부터 물려받은 착하고 섬신한 심성의 증표가 된다. 작가에게 과거는 우리에게 낡고 진부하여 폐기되어야 할 것이 아니라 현실을 비판할 수 있는 가치로 받아들여진다. 도덕적인 차원에서 과거는 현실보나 좀더 높은 지점에 위치해 있다. 과거는 비속한 현실을 '세탁'할 수 있는 좋은 척도이다. 이 척도는 일종의 염결성이다.

세탁소는 염결성의 공간이다. 작가는 이곳이 생업의 공간이기도 하지만 염결성의 공간임을 뚜렷이 강조한다. 수선업을 겸하는 이 세탁소에 들어온 옷은 말끔히 단장된다. 크기가 안 맞거나 떨어진 옷은 알맞게 고쳐지고 때나 기름이 묻은 옷은 말끔히 세탁된다. 더욱이 중풍환자 할머니의 더러운 속옷마저 말끔히 세탁된다. 세탁업의 염결성은 세탁소 주인의 착한 심성으로 이어지며 이 극의 주제로 부각된다.

세태를 풍자하는 이 작품의 중심 사건은 중풍에 걸린 할머니의 자식들과 며느리가 '습격'하듯이 세탁소를 방문하면서 시작된다. 할머니의 재산이 어디에 있는지를 알 길이 없는 이들은 할머니가 유언 대신 남긴 '세탁'이란 말을 듣고 단서를 찾기 위해 세탁소에 온다. 재산에 혈안이 된 자식들은 세탁소 주인 부부에게 도움을 청하기는커녕 강압적인 태도를 보이며 마치 미친 사람처럼 옷들을 파헤치고 뒤집어 세탁소를 온통 난장판으로 만든다. 급기야 할머니의 재산을 찾게 되면 재산의 절반을 준다는 큰아들의 말에 주인의 아내와 세탁 배달부 염소팔마저 단서 찾기에 합세하며 사태는 확대된다.

자식들이 보여주는 돈에 대한 집착은 가난하지만 소박하게 살아가는, 주인의 아내와 금의환향을 꿈꾸는 염소팔의 잠재된 욕망을 자극하고 충동시킨다. 이 심각성은 황금만능주의가 지배하는 물신화된 풍경을 강조한다. 더욱이 어머니의 장지에 가야 할 자식들이 세탁소에서 재산의 단서 찾기에 급급한 모습은 비극적 아이러니의 절정을 이룬다. 염세적 현실에 대한 주인 강태국의 개탄은 희극성과 풍자성이 강한 이 작품의 핵심 페이소스이며 작가의 전언이다. 강태국은 아버지로부터 가업을 물려받아 손님들의 옷을 고쳐주며 자신의 직업에 만족하며 성실하게 살아왔다. 비록 많은 돈을 벌지 못했지만 가난하면서도 자신의 삶에 가치를 느끼며 착하게 살아 왔다. 그러나 세상은 야속하게 강태국의 삶이나 그가 바라는 가치대로 실현되어 가기는커녕 비속하고 타락해 간다. 그의 아내와 딸마저 일확천금을 노린다는 것을 알아차렸을 때 그는 절망하면서 세상에 대한 환멸과 불만을 폭발시킨다. 그는 타락한 인물들을 모두 할머니가 맡긴 수의(壽衣)로 유인하여 대형 세탁기 안에 넣고 세탁함으로써 도저히 납득할 수도, 해결할 수도 없는 타락의 시대, 몰인정과 물질적 탐욕과 가치 부재의 시대를 비판하고 응징한다.

돈에 집착한 자들을 세탁하는 결말부의 장면은 한마디로 압권이다. 주인과 세상 인물들이 이분법적으로 나뉘고 악을 징치하는 사건 해결 방식이 전형적인 대중적 결말이지만 세탁 방식의 상상력은 탁발한 것이다. 이 방식은 비속하고 몰인정하고 황금만능에 빠져 있는 현실 세태를 답답하게 바라볼 수밖에 없는 관객의 기대를 완전히 충족시킨다. 여기에서 이 극은 대중적 매력의 극점에 도달한다.

또한 대중적 매력은 작품 곳곳에 배치되어 있는 조연들의 희극성과 연출의 연극성에 힘입는다. 심성 착한 촌놈 염소팔의 질박한 전라도 사투리와 얼뜨기처럼 모자라면서도 다소 과장된 행동, 중풍 할머니를 수발하는 파출부 아줌마의 넉살 좋은 수다와 활기에 찬 행동은 따분하기 쉬운 무대 공간에 웃음과 생기를 불어넣는다. 연출력도 빛을 발휘한다. 세탁소를 뒤엎는 난장이나 늦은 밤 세탁소 안팎에 숨어서 플래시로 단서를 찾는 장면, 대형 세탁기 안에서 타락한 인물들이 세탁되어가는 장면 등에서 희극성을 고양시킨다.

이 작품의 대중성이 갖는 다양한 매력은 지금도 위력을 발휘하고 있다.

그리고 이 매력은 분명히 이 작품이 지향하는 대중성에 있다. 서민적 일상의 리얼리티, 비속과 염결의 이분법적 세계관, 권선징악의 결말, 골계와 풍자의 인물 및 기법의 적극적 활용 등은 대중성의 중요한 요소들이다. 이 작품이 대중적이라 하여 비판의 대상이 되는 것은 아니다. 대중성을 폄하의 시선으로 바라보는 태도 자체가 왜곡된 것이다. 위대한 고전인 셰익스피어의 극들이 얼마나 예술적이면서 동시에 대중적인 것인가는 쉽게 알 수 있다. 셰익스피어의 〈햄릿〉은 간단히 말해 살해범을 찾아 복수하는 복수극의 구조를 취하고 있고 극의 도입부에 햄릿 아버지의 유령을 등장시켜 관객의 관심을 집중시킨다. 이것만 보아도 셰익스피어가 관객의 정서와 태도에 얼마나 관심을 보이고 있었는지를 알 수 있다.

〈오아시스 세탁소 습격사건〉의 대중성은 저속하거나 경박하지 않다. 상식적인 주제를 취하면서도 고루하거나 상투적이지 않다. 건강하고 참신하며 세련되어 있다. 물신화된 자본주의 세태를 풍자하고 비판하는 주장이 선명하며 세속에 찌든 관객의 답답한 심정을 속시원히 세척한다. 이처럼 이 작품이 장기 흥행하는 이유는 충분하다. 대학로에서 오랫동안 인기를 누려왔던 〈지하철1호선〉처럼 이 작품도 오래오래 관객에게 사랑받아, 지금 영화계의 〈왕의 남자〉처럼 100만이 아니라 1000만이 넘는 관객 몰이를 하길 진심으로 희망한다

오아시스 세탁소 습격사건

등록 1994.7.1 제1-1071
1쇄 발행 2015년 2월 28일
8쇄 발행 2023년 6월 30일

지은이 김정숙
펴낸이 박길수
편집장 소경희
편 집 조영준
관 리 위현정
디자인 이주향
펴낸곳 도서출판 모시는사람들
        03147 서울시 종로구 삼일대로 457(경운동 88번지) 수운회관 1207호
전 화 02-735-7173, 02-737-7173 / 팩스 02-730-7173
홈페이지 http://www.mosinsaram.com/

인 쇄 피오디북(031-955-8100)
배 본 문화유통북스(031-937-6100)

값은 뒤표지에 있습니다.
ISBN 978-89-97472-94-9   03810

이 도서의 국립중앙도서관 출판예정도서목록(CIP)은 서지정보유통지원시스템 홈페이지
(http://seoji.nl.go.kr)와 국가자료공동목록시스템(http://www.nl.go.kr/kolisnet)에서 이용하
실 수 있습니다.(CIP제어번호: 2015005300)